결혼은 안 해도
아이는 갖고 싶어

결혼은
안 해도

아이는
갖고 싶어

고바야시 아쓰코 지음
심수경 옮김

결혼 NO!
아이 YES!

글로세움

목차

제1장

생물학적 시계를 멈추다
난자 냉동으로 라이프 플랜을 마음대로?

제6장
'엄마들'과 정자 도너
다양한 부부와 새로운 가족

윤리가 못 따라가는 생식기술

2001년 시코쿠(四国) 지방에 사는 40대 여성이 남자아이를 낳았습니다. 자신의 난자와 남편의 정자를 체외수정하여 낳은 아이로 유전적으로는 틀림없는 부부의 아이입니다. 하지만 구청에 가니 '남편의 아이로 인정할 수 없다'는 말과 함께 '비적출자'(부부 사이의 아이가 아님)로 처리되어 출생신고를 할 수 없었습니다.

틀림없이 남편의 정자와 아내인 자신의 난자로 태어난 아이인데…. 그녀는 '아이는 남편의 아들'이라고 소송을 했지만, 대법원에서도 최종적으로 아이와 남편의 부자관계는 인정되지 않는다는 판결이 내려졌습니다. 어째서일까요?

사실 그녀의 남편(아이의 아버지)은 그녀가 임신하기 전(1999년)에 이미 세상을 떠났습니다.

정자와 난자, 수정란의 냉동보존 기술이 빠르게 발전하고, 더욱이 정소와 난소 등의 성선(性腺) 그 자체의 냉동보존(실험단계)도 가능해지고 있습니다. 냉동함으로써 정자와 난자, 수정란의 '시간'을 멈추거나 늦출 수가 있습니다.

예를 들어, 정자의 '시간'을 멈출 수 있다면 남편이 병이나 사고로 사망해도 그 냉동보존된 정자를 사용해 아내가 죽은 남편의 아이를 낳을 수 있습니다. 이것을 사후생식(死後生殖)이라고 합니다. 당사자가 죽은 후에도 그의 아이를 만든다─이것이 현실에서 가능해지고 있습니다. 사실, 정자의 냉동보존기술은 전쟁터에서 중상을 입어 빈사 상태에 있는 병사에게서 정액을 채취하여 고향에 보내주려는 발상에서 탄생한 것입니다.

복잡해지는 친자 관계

남편은 백혈병 치료 전에 자신의 정자를 냉동보존하여 아내의 난자와 체외수정을 진행하고 있었습니다. 가족은 남편도 생전에 사후생식을 희망했다고 증언하고 있지만, 남편이 감염증으로 갑자기 세상을 떠났기 때문에 과연 그것이 본인의 죽음과 마주한 후 내린 생각이었는지는 알 수 없습니다.

아이가 태어났을 때는 이미 남편이 죽은 후 300일이 지난 상태여서 아이의 출생신고는 비적출자로 처리되었습니다. 아내는 죽은 남편의 정자로 태어난 아들이므로 남편의 아이라고 하는, 아이의 사후인지 청구를 했습니다. 2003년 지방법원의 판결에서는 청구가 기각되었고, 다음 해인 2004년 고등법원에서는 사후인지가 인정되었습니다. 하지만 2006년 대법원은 '사후생식은 현행 민법(제772조)이 규정하고 있지 않아 부자관계를 인정할 수 없다'고 판결했습니다.

사후생식은 기술적으로는 가능하지만, 태어난 아이와의 부자관계는 법적으로 인정되지 않는다는 것입니다. 유전적 관계가 있는 친자가 법적 친자로 간주되지 않는 사태가 발생하고 있는 것입니다.

생식을 서포트하는 기술

'임신활동'이라는 말이 등장했듯, 근래에는 의료기술의 힘을 빌어 아이를 갖고 싶다, 부모가 되고 싶다는 소망을 이루려고 하는 부부를 어렵지 않게 볼 수 있습니다. 그 절실한 바람을 이루어줄 가능성을 가진 생식기술도 나날이 발전하고 있습니다. 더욱이 '난자 노화'가 자극적으로 보도되는 가운데 혼전 '난자활동'으로써 자신의 난자가 젊었을 때 냉동보존하려는 싱글 여성이 나타나게 되었습니다.

일찍이 신의 영역을 범하는 인위적인 생명 조작으로서 놀라움과 비판을 동시에 받으며 받아들여진 '체외수정'도 지금은 의료로서 확립되어 대중적인 생식기술이 되었습니다. '시험관 아기'라고 불린 이 체외수정아의 출생 수는 일본에서도 증가하고 있어 2010년에는 연간

2만 8,945명에 달할 정도가 되었습니다.(현미경 수정 포함) 이 해에 일본에서 태어난 신생아의 약 37명 중 1명이 '시험관 아기'(체외수정아)입니다.

더욱이 남편 이외의 남성의 정자로 아이를 만드는 인공수정과 아내 이외의 여성의 '배를 빌리는' 대리모 출산 등 생식(生殖 아이를 만드는 일)을 서포트하는 다양한 기술(생식보조의료=ART)이 우리 앞에 모습을 드러내고 있습니다.

이와 같은 방법을 부자연스럽다고 생각하는 분도 있을 것입니다. 하지만 '자연'이란 더 이상 인간의 손이 닿지 않은 원시적인 자연만을 의미하지 않습니다. 발전하는 과학기술을 수용하고 있는 사회에서 '자연' 그 자체가 인위적으로 만들어져 우리의 '자연'에 대한 감각 또한 우리가 모르는 사이에 엄청나게 변화하고 있습니다.

이와 같은 생식기술의 발달은 우리의 전통적 인간관과 가족관, 부모자식 관계에 어떤 영향을 미칠까요? 그것은 아이를 낳고 싶은 여성(혹은 아이를 원하는 남성)에게 복음일까요? 아니면 '부자연스러운 욕망'을 부추겨 그들을 예상하지 못한 고뇌에 직면하게 하는 새로운 모럴 딜레마의 시작일까요?

이 기술은 또 아이의 '생명을 선택'할 수 있는 폭도 확대하고 있습니다. 작년(2013년)부터 일본에서도 화제가 되고 있는 '신형 착상 전 진단'에서는 수정란 단계에서 염색체 이상을 조사하여 병이 없이, 건강하게 자랄 수 있는 배아만을 선택하여 아이를 낳을 수 있습니다. 건강한 아이를 갖기 원하고, 좋은 아이가 태어나기를 바라는 마음 그 자체는 자연스러운 부모 마음일지도 모릅니다.

그러면 건강한 아이를 낳기 위해 병과 장애가 없는 '건강한 수정란'을 선별하여 낳고자 하는 것도 자연스러운 것일까요? 혹은 아이가 공부 때문에 고생하지 않도록 수학을 잘하는 도너(기증자)의 정자로 아이를 만들고 싶어하는 일 또한 자연스러운 부모 마음일까요?

생명과 관련된 다양한 모럴 딜레마

나의 전문분야는 철학이고, 현재는 대학에서 윤리학을 가르치고 있습니다. 가르친다기보다 학생들과 함께 생각해 간다고 말하는 편이 맞을지도 모릅니다.

윤리학에는 명쾌한 정답이 없습니다. 무엇이 옳은 것인가, 무엇이 좋은 것인가, 어떤 인생을 선택해야 하는가에 대한 판단은 시대와 지역에 따라 크게 달라집니다. 생명에 관한 윤리적 판단을 요구받는 경우라도 그것은 마찬가지입니다. 그리고 생명과학의 끊임없는 진보에 의해 전례 없는 사태가 발생하고, 새로운 윤리문제가 계속해서 제기되고 있습니다.

생명에 관한 모럴 딜레마는 다양합니다. 연명기술의 발전에 따라 스스로가 원하지 않는 모습으로 생명 연장이 된 경우 그 생을 거부하는 것(치료거부와 안락사)은 가능한가? 뇌사(인공호흡기에 의해 만들어진 상태)는 사람의 죽음을 의미하는가? 유전자 진단을 통해 치료 불가능한 질환의 발병 위험을 진단해도 되는가?(본인에게는 진단 결과를 듣는 일이 사형선고에 가까운 일이 될 때도 있음) 그리고 근래에 급속하게 부상하고 있는 것이 생식을 둘러싼 윤리문제입니다-불임은 병인가? 생식기술 이용은 의학적 치료인가? 이것은 인류(인간이라는 종) 그 자체의 존재방식을 묻는 매우 중요한 문제입니다.

자연계의 생물 종(種)에는 일정한 비율로 자손을 남기지 않는 개체가 존재합니다. 인간도 그렇습니다. 커플의 10퍼센트 정도가 아이를 가질 수 없는 불임 커플이라고 합니다. 하지만 그것은 다른 생물종과 마찬가지로 극히 자연스러운 것이고, 자신이 불임인 것은 단순한 생물학적 '운'에 지나지 않습니다. 그럼에도 불구하고 우리는 그것을 불운 혹은 질환으로 인식하고, 그 상태에서 벗어나기 위해 의료기관에서 치료를 받는 환자가 됩니다.

근래 '체외수정' 기술과 함께 발전한 생식기술로서는 생명의 근원이 되는 정자와 난자, 또는 수정란 그 자체를 동결하는 냉동기술을 들수 있습니다. 원래 동물에게 사용하던 냉동기술이 인간의 정자, 난자, 수정란에 응용되어 그 시간을 멈출 수(신선도를 유지할 수) 있음과 동시에 공간적으로도 자유롭게 이동시킬 수 있게 되었습니다. 생명의 탄생이 시간과 공간의 제약을 뛰어넘기 시작했습니다.

이미 덴마크와 캐나다, 미국인 남성의 냉동정자가 국경을 넘어 다른 나라 여성들에게 인공 수정되고 있습니다. 기술이 상업기반에 편

승되어 알선업자가 등장하게 되면 이러한 움직임은 더욱 활발해집니다. 태어난 아이의 유전적 부모(정자·난자의 기증자)가 서로 얼굴도 모르는 이국의 남녀인 경우도 있을 수 있습니다.

지금까지 친밀한 남녀커플 간에 행해진 생식이 전혀 모르는 남녀 사이에 가능해진다는 것은 우리의 생식, 즉 아이와 부모, 또는 가족이라는 전통적 가치관, 인간관을 근본부터 다시 생각하게 하는 사태가 발생하고 있다는 것을 의미합니다.

이는 남녀 사이에만 한정되지 않습니다. 네덜란드 등 동성혼을 인정하는 나라도 나오고 있는데 '동성 간' 커플, 즉 게이 커플과 레즈비언 커플도 이와 같은 생식기술을 이용하여 '자신들의 아이'를 얻고 있습니다.

기술이 고도로 발전해 가는 상황 속에서 현대를 사는 우리는 항상 미지의 문제에 직면할 가능성이 있습니다. 사안에 따라서는 기존의 법률과 윤리적 판단의 틀만으로 대처하지 못할 수도 있습니다. 이 순간, 생명 조작, 자연의 섭리, 인간의 행복추구권이라는 말이 머리에 떠오를지도 모릅니다. 이들은 모두 이 책을 관통하는 중요한 키워드가 됩니다.

더욱이 계속해서 새로운 전개를 보이는(불임 커플을 매료시키는) '생식기술' 진화의 그늘에는 지푸라기라도 잡고 싶은 심정으로 이 기술을 이용하려는 사람들의 절실함이 있습니다.

기술은 필요에 의해 발전한다고 합니다. 밖에서 보면 언뜻 이해하기 어려운 생식기술로 보여도 거기에는 분명 각각 절실한 사정을 안고 '아이를 갖고 싶다'는 소망으로 애태우는, 날 것 그대로의 인간이 있습니다. 생식기술의 윤리문제를 생각함에 있어서는 그들이 처해있는 상황에 대해서도 고려할 필요가 있습니다.

특히 일본의 생식기술 현황을 알게 되면서 인식하게 된 것이 있습니다. 그것은 생식기술을 이용해서라도 아이를 갖고 싶어하는 사람들의 심정과 그것에 대응하지 못하는 일본의 법 제도 및 일본산과부인과학회(이하 학회)의 가이드라인과의 거리입니다. 그리고 또하나, 어떻게 해서든 아이를 갖기 원하는(또는 언젠가 낳으려고 하는) 커플(또는 싱글 여성)과 당사자가 아닌 사람 간의 메우기 어려운 '온도차'입니다. 그리고 이 온도차를 좁히고자 하는 것이 이 책의 일관된 기본인식입니다.

이 책을 읽으면서 이러한 기술을 이용하는 것을 과학의 남용이라고 생각하며, 강한 거부감을 갖는 사람도 있겠지요. 분명 아이를 갖고 싶다, 가임기일 때 정자은행에서 아이를 만들고 싶다, 레즈비언 커플이라도 아이를 갖고 싶다 등등 종래의 가족관을 뒤집는 기술로 이용되기도 합니다. 기술의 도움을 빌려 아이를 갖고 싶어하는 사람의 심경은 그러한 상황에 처하지 않은 사람들에게는 이해하기 어려운 것일지도 모릅니다.

이 온도차가 생기는 데에는 나름대로 이유가 있습니다. 체외수정과 대리모 출산, 인공수정 등은 모두 본래의 의학적 치료와는 다른 성격을 가지고 있기 때문입니다.

예를 들어, 체외수정은 '바이패스 의료'라고 불리고 있습니다. 1978년 세계 최초의 '시험관 아기' 루이스 브라운(Louise Brown)을 출산한 여성은 난관 폐쇄(난관 통과장애. 난자가 지나가는 길이 막혀 배란이 되지 않는 상태)라는 생식 장애를 가지고 있었고, 난관이 막혀 있어 그녀의 난자와 남편의 정자가 만나지 못하고 있었습니다.

'난자가 통과할 수 없다면 그곳에 바이패스(우회)를 해보면 어떠냐'는 그녀의 말에 힌트를 얻어 생리학자 에드워드(Robert G. Edwards:1925-2013/2010년 노벨생리의학상 수상)와 산부인과 의사 스텝토(Patrick Steptoe:1913~1988)는 난자를 체외로 꺼내 샬레라고 불리는 배양접시 속에서 남편의 정자와의 만남(수정)을 실현시켰습니다. 자연생식 과정에 기술을 활용하여 난관 내에서의 자연적인 수정을 대신해 체외수정이라는 바이패스를 시행한 것입니다.(제5장 〈바이패스로서의 체외수정〉에서 상술)

DI(Doner Insemination 비배우자 간 인공수정) 즉, 도너의 정자를 사용한 인공수정은 남편의 정자로는 아내가 임신할 수 없는 경우 남편 이외의 남성의 정자를 아내의 자궁에 인공적으로 삽입하여 아이를 갖는 방법입니다. 이 행위는 '간통'이라고 비난받은 적도 있지만, 남성 쪽에 원인이 있는 불임으로 고민하는 사람들의 '치료'로서 일본을 포함한 많은 나라에서 행해지고 있습니다. 이 경우는 이미 부부 간의 바이패스가 아니라 아이를 가진다는 목적을 이루기 위한 수단일 뿐이라고 말할 수 있습니다.

의료가 너무 나갔다고 말하는 사람도 있을지 모릅니다. 하지만 이들은 어떤 의미에서는 의료의 한계를 나타내고 있는 것입니다. 현재의 의료기술로는 본인의 난관 폐쇄를 고칠 수 없고, 남편의 무정자증 자체를 치료할 수 없으므로, 부득이 체외수정을 통해 인공적으로 바이패스 하거나 남편 이외의 타인의 정자로 아이를 만드는 것입니다. 의료 본래의 목적은 문제가 있는 환부 자체를 치료하여 정상으로 만드는 것이지만, 현재의 기술로는 그것이 불가능해 환부 자체를 치료하지 못하고 다른 방법으로 '아이를 갖고 싶은' 당사자의 희망을 이루어주려고 하는 것입니다.

남편의 정자와 아내의 난자로 체외수정을 한다면 아직은 의료로서 바이패스를 시행했을 뿐이라고 볼 수도 있지만, 도너의 정자를 사용하는 인공수정은 타인의 정자로 아내가 남편이 아닌 다른 남성의 아이를 낳는 것입니다. 그것이 치료일까요?

또 대리모 출산은 어떨까요? 수정할 수 있는 난자도 임신할 수 있는 자궁도 없는 여성이, 다른 여성에게서 난자를 받아 '배'를 빌리는 것(대리모 출산)이 치료라고 할 수 있을까요?

자손 번식은 인류의 보편적 요구

이처럼 생식의료가 과학의 남용으로 인식되거나 그 필요와 무관한 사람들로부터 냉소적인 시선을 받는 이유 중 하나는 그것이 생식의 장애가 되는 환부 자체(난관과 조정기능, 자궁)를 치료하는 근치(완치)치료(根治治療)가 아니기 때문입니다. 체외수정과 DI, 대리모 출산 모두가 이러한 의미에서 의학적 치료가 아닙니다. 그것은 환부 그 자체는 고칠 수 없어도 다른 방법으로 '아이를 못 갖는다'는 괴로움에서 당사자들을 구해내는(혹은 희망을 이루어주는) '구제치료(救濟治療)'입니다.

구제치료는 결코 드문 일이 아닙니다. 일상적으로 행해지고 있는 구제치료 중 흔한 사례가 근시가 있는 사람에게 처방되는 콘택트렌즈와 안경입니다.

나도 시력이 0.05이지만, 콘택트렌즈를 착용하여 교정시력 1.5가 됩니다. 이것도 본래는 기술을 구사하여 근시 자체를 고치는 것이 의료행위 즉 근치치료이지만, 현대의 의료기술로는 불가능하기 때문에 인공렌즈를 넣어 시력을 보정하고 '잘 안 보이는' 불편함을 해소하는 구제치료를 행하고 있는 셈입니다. 구제치료는 어떤 의미에서는 의료 그 자체, 즉 근치치료의 한계를 나타내고 있습니다.

이것을 보다 명료하게 나타내는 것이 장기이식입니다. 장기이식은 근치치료가 아닙니다. 장기이식을 해야 한다는 것은 현대의학에서는 이미 환자 본인의 장기 질환 자체를 고칠 수 없다는 의미입니다. 만성신부전과 확장형 심근증, 간경변 등은 현대의학으로는 고칠 수 없으니 어쩔 수 없이 거절반응과 면역억제제의 부작용 같은 리스크를 감수하며 타인의 장기를 이식하는 것입니다.

다시 말하면, 근치치료가 불가능하므로 타인의 장기를 받아 환자를 '구제'하려는 것입니다. 그런 의미에서 장기이식 또한 의료의 진보라기보다 의학의 한계(근치치료의 한계)를 드러내고 있는 것은 아닐까요?

여기서 이야기하는 생식의료도 이와 같은 특징이 있습니다. 다만 장기이식의 경우와는 달리 생식의료에서는 본인의 생명이 위험에 노출되어 있지는 않다(본인의 건강과는 관계 없음)는 것이 큰 차이입니다. 그리고 이 또한 생식의료가 윤리적으로 문제시되기 쉬운 요인이 되고 있습니다.(제1장에서 상술)

그리고 또 한 가지, 생식기술에 특징적인 것은 그 기술에 의해 새로운 인격이 탄생한다는 것입니다. 인공생식으로 태어난 아이들도 역시 성장하고 우리와 같은 감정과 의사를 가지는 살아 있는 인간입니다. 자연적 생식과정으로 태어나지 않은 자신의 출생에 대해 고뇌하거나 부모에 대해 복잡한 생각을 갖거나 또는 태어난 것을 감사해하면서도 자연스럽게 태어난 사람과는 다른 인생관과 정체성을 가지게 될지도 모릅니다.

자신이 '돈으로 산' 정자라는 물질에서 태어났다거나(정자은행), 엄마의 배에서 태어나지 않았다(대리모 출산), 라는 사실은 아이들의 인생에 어떤 그림자를 드리우게 될까요? 기술을 이용하는 당사자의 '행복추구권'과 '자기결정권'만으로는 해결할 수 없는 것이 생식기술이 안고 있는 윤리문제의 또 하나의 큰 특징입니다.

영국 북부에서, 로마제국의 점령기였던 3세기 것으로 추정되는, 매장된 남성의 백골이 발굴되었다는 이야기를 들은 적이 있습니다. 그 남성의 입 안에는 사후 세계에서 생식능력이 필요해질 때를 대비해 두 개의 돌이 들어 있었다고 합니다.

이 세상을 떠나도 역시 가족을 만들고 싶다, 아이를 낳고 싶다는 자손 번식에 대한 그들의 염원은 생식기술이 발달한 현대를 사는 우리에게도 통하는 인류보편의 욕구일까요?

생식기술에 비판적인 사람이나 그 기술을 이용하려는 사람이나, 또 이미 생식기술로 아이를 안게 된 사람이나 태어난 사람, 모두가 일단 자신의 시점에서 벗어나 다양한 입장에 놓인 사람들의 상황과 심정으로 들어가 보는 것이 어떨까요?

과학기술이 윤리와 법률에 선행하고 있는 현재, 그 시시비비를 생각하기 전에 먼저 최전선에서 기술과 필요성, 기술과 인간성의 조화를 이루기 위해 노력하는 당사자들의 소리에 귀를 기울이고 싶습니다.

1장

생물학적 시계를 멈추다

난자 냉동으로
라이프 플랜을 마음대로?

50세 넘은 여성이 아이를 낳아도 될까

뉴욕에 사는 30대 독신 변호사 미란다는 산부인과에 검진을 받으러 갔습니다. 검사 결과, 오른쪽 난소의 배란이 멈춰 있다는 말에 충격을 받은 그녀는 불쑥 의사에게 묻습니다.

"난소가 파업을 일으킨 건가요?!"

그날 밤 미란다는 세 명의 절친들 앞에서 자포자기의 심정으로 말합니다.

"원인은 하나야. 오른쪽 난소가, 내가 결혼해서 아이를 낳는 일 따위 없다며 스스로 포기한 거야. 내가 승산도 없는 사건을 던져버리는 것과 같은 셈이지."

"하지만 왼쪽은 나오잖아?"라고 묻는 캐리에게 미란다는 한숨을 쉬면서 말합니다.

"나는 생물학적으로는 낙제야. 참 아이러니하지. 하버드까지 나온 여자의 난소가 말이야…."

그때까지 남자친구와 사귀고 있었고, 피임약을 먹으며 조심하던 미란다였지만 결국 그와 헤어졌습니다. 더욱이 난소가 제대로 기능하지 않는다는 충격적인 말을 듣자 이번에는 난소자극호르몬(배란을 촉진하는 호르몬)을 먹게 되었습니다.

다음날, 직장동료 남성과의 저녁 식사 자리에서도 그녀는 이 화제를 꺼냈습니다.

"최근에 지금까지 상상도 못 했던 일이 일어났어."

"무슨 일인데?"

"최근 알게 된 건데, 난소가 파업을 일으켜 배란이 잘 안 돼. …나머지 난소도 망가지면 아이를 못 낳게 돼. 그래서 일단 호르몬제를 먹고 있지만 난자 냉동을 고민 중이야."

그 말을 들은 상대는 놀랍니다.

"난자를 냉동한다고?"

"응. 정자은행이 아닌 난자은행인 셈이지. 그렇게 하면 압박감이 사라질 것 같아. 언제까지 만들어야 한다는 시간제한도 없어지고."

상대는 말도 안 된다는 어조로 "하지만 그건 문제가 많아."

"어떤 문제?"

"어떤 문제라니…생식의료라는 게 말이 돼? 아이를 낳고 싶다고 해서 50세가 넘은 여성이 아기를 낳아도 된다고 생각해?"

상대는 계속해서 이런 말을 합니다.

"아이를 낳아야 하는 운명이 아닌 여성들도 있잖아. 세상은 그렇게 약자를 도태시키는 것 아니겠어? 생식의료라는 건 과학의 남용이라고 생각해. 명품 정자를 만들어내고 인공자궁을 만들고. 차라리 온 세상의 남자를 없애버리는 게 어때?"

어이없는 표정으로 상대의 말을 듣고 있던 미란다는 마지막 말을 듣자 감정이 폭발해 손에 들고 있던 컵을 내리쳤습니다.

"이봐! 머리에 이모작하고 있는 주제에 과학이 뭐가 어째?(상대 남성은 최근 머리에 모발이식을 시작) 주제넘게!"

그 후 미란다는 호르몬제 복용을 멈추었습니다. 그에게 그런 말을 들어서가 아닙니다. 아직은 33세에 지금 한쪽 난소는 정상이라 단념하기에는 너무 빠르다고 생각해서입니다. 집으로 돌아와 그녀는 냉동고를 열면서 생각합니다.

'아마 언젠가는 난자를 냉동할지도 몰라. 하지만 지금은 아니야.'

난자의 냉동보존은 일단 연기되었습니다.

－〈섹스 앤 더 시티〉 시즌2, 에피소드 11 〈연애의 진화형 Evolution〉

이 드라마의 에피소드를 읽고 어떤 생각을 갖게 되었나요?

미란다에게 열띠게 과학을 강의한 남성처럼 '난자 냉동이라니! 미친 짓이야'라며 어이없어하는 쪽입니까? 또는 '과학자는 정말 엉뚱한 생각을 하는 사람들이야. 자연의 섭리를 무시한 생식의료로 여성의 선택의 자유가 확대된다면 세상이 이상한 방향으로 가지 않을까?' 하는 불안과 의문을 품는 쪽입니까?

분명 새로운 과학기술이나 의료기술이 등장하게 되면 반드시 그 기술과 인간성이 조화를 이룰 수 있을지가 문제가 됩니다.

반대로 미란다에게 공감을 나타내는 사람도 있습니다.

"자신의 '생물학적 시계'를 의식한 그녀의 불안을 잘 안다. 여성은 커리어를 쌓을 시기와 출산 적령기가 겹쳐 있어, 일이냐 출산이냐 하는 선택의 기로에서 커리어 여성들은 항상 괴로워 한다"고.

그리고 "이러한 고뇌를 해결하고 그녀들이 '일과 출산' 두 마리 토끼를 다 잡을 방법이 있다면 난자 냉동을 이용해도 되는 건 아닐까?"라고 생각할지도 모릅니다. 이것은 인간이 생식기술에 접근할 권리를 인간(이 경우는 여성)의 '행복추구권'이라는 관점에서 인정하려는 입장입니다.

이 드라마에 등장하는 여성들은 모두 자신의 재능을 살려 일정한 사회적 지위를 쌓으면서도 연애만큼은 학습능력을 발휘하지 못하고, 사랑에 상처받고 때론 크게 좌절하면서도 용감하고 긍정적으로 살아가고 있습니다. 그녀들이 때로 사랑에 애태우며 결혼을 꿈꾸는 것은 남몰래 자신의 생물학적 시계를 의식하고 있기 때문일지도 모릅니다.

하루에 1억 개 만들어지는 정자, 700만 개에서 줄어드는 난자

미란다처럼 30대 또는 40대에 커리어를 가지고 있는 여성은 자신의 생식능력이 자기도 모르는 사이에 상실되고 있다는 것을 잘 생각하지 못합니다. 20대 때부터 '언젠가는 낳고 싶다' 또는 '언제든 낳을 수 있다'고 믿고 있었는데, 문득 정신을 차리고 보니 자신의 생물학적 시계의 벽(출산의 시한)이 생각보다 가까이 와 있을 때가 있습니다.

여성들의 언제든지 낳을 수 있다는 착각을 근본부터 뒤흔든 것은 '난자의 노화'라는 충격적인 사실입니다. 항상 새롭게 만들어지는 남성의 정자(하루에 약 1억 개)와는 달리, 여성의 난자는 태어났을 때부터 체내에 있고, 결코 늘어나는 일 없이 본인과 함께 나이를 먹습니다. 그 수는 태아 때에는 700만 개였던 것이 태어날 때는 200만 개까지 감소합니다. 아무리 외모를 젊게 유지하더라도 난자의 나이를 멈출 수는 없다고 합니다.

난자가 노화하면 수정란이 자라지 않는 경우가 늘어납니다. 부부 중 어느 한쪽도 질환이 없음에도 임신이 되지 않는 주된 원인이 난자의 노화라고 합니다. 난자도 나이를 먹는다−처음 들으면 상당히 충격적입니다. 이런 난자의 노화에 대해 최근까지 별로 알려진 것이 없었습니다.

노다 세이코(野田聖子 일본의 정치가) 의원은 체외수정을 시도해도 자신의 난자로는 아이를 가질 수 없어 미국에서 난자 도너로부터 난자를 제공받아 임신하여 50세에 출산했습니다. 그리고 출산 2주 후에 자궁을 적출했습니다. 게다가 태어난 아이에게 중증 장애가 있는 장렬한 출산이었습니다.

앞서 든 남성의 발언 '50세가 넘은 여성이 아이를 낳아도 된다고 생각해?'라는 말처럼, 출산할 수 있는 나이를 훌쩍 지나 아이를 낳으려고 한 것에 대해 비판이 집중되었습니다.

그녀는 난자의 노화를 몰랐기 때문에 출산을 미루어왔다고 합니다. 여성의 생식능력이 생각 이상으로 이른 시기부터 저하되기 시작한다는 것은 아직 별로 알려져 있지 않았던 것입니다.

낳을 수 있는 날이 올 때까지
냉동해 두고 싶다

난자의 노화는 아이를 소망하는 부부만이 아니라 독신 여성에게
있어서도 절실한 문제입니다. NHK 클로즈업 현대 〈아이를 낳고 싶
어도 낳을 수 없다－난자노화의 충격〉(2012년 2월 14일)에는 난자가
노화된다는 것을 인터넷에서 우연히 알았다는 33세의 독신 여성이
등장합니다.

"몸이 떨렸어요. 생각하면 잠을 잘 수가 없었습니다."

그녀가 사회에 나왔을 때는 취직빙하기. 파견 등의 비정규직 사원
으로 일했는데 30세를 넘기자 파견 근무처는 서서히 줄었고, 현재는
자격증을 따기 위해 일하는 시간 외에는 공부에 전념하고 있습니다.

교제하고 있는 남성도 없고 결혼 상대를 찾을 여유도 없습니다. 그
녀는 작년에 큰 결단을 내렸습니다. 난자 냉동입니다. 도쿄(東京) 도내
에 있는 병원에서 액체 질소로 자신의 난자를 냉동보존하고 '언젠가 낳
을 수 있는 날이 올 때까지' 난자의 노화를 멈춘 것입니다. 앞서 미란다

가 생각했던 '난자 냉동'입니다. 이것은 혼전 '난활'(난자 활동의 준말)로도 불리며, 해외에서는 '예방의료'로서 이용되고 있습니다.

일본에서는 암환자가 치료의 영향으로 난소의 기능을 상실하는 것을 막고 난자를 보호하기 위해 이용되던 기술로(학회에서 임상연구를 행함으로써 사실상 승인되고 있음), 그 이외의 목적으로 미혼여성이 난자를 냉동하는 것에 대해서는 가이드라인이 없었습니다.

최근 들어 독신 여성들의 강한 요청으로 난자 냉동을 수용하는 의료시설도 등장하기 시작했고, 2013년 11월에는 일본생식의학회가 가이드라인을 개정하여 미혼여성의 미래를 대비한 난자 냉동을 사실상 용인하게 되었습니다. 이때 암환자가 치료를 받기 전 난자를 냉동하는 것을 '의학적 적응'이라고 하고, '난활'로서 장래에 대비하여 난자 냉동을 행하는 사례를 '사회적 적응'이라고 합니다.

그러나 난자 냉동은 정자와 수정란의 냉동보다 훨씬 어렵고 기술적으로 완전한 단계에 오른 것은 아닙니다. 냉동·해동이라는 물리적 변화를 가하는 과정에서 난자 자체가 변질되거나 파열될 수도 있습니다. 해동(최근에는 해동 생존률 90%)한 난자를 수정한다고 해서 확실하게 아이가 태어나는 것은 아니고, 그 확률(일반 시험관 시술과 유사)은 결코 높지 않습니다.

다른 예로, 백혈병에 걸린 독신 여성이 치료로 인해 난소기능을 상실하기 전에 난자를 보존하고 싶을 때 난자 냉동기술의 미숙함을 우려하여 약혼자의 정자, 또는 완전 생판 타인인 정자은행의 정자와 자신의 난자를 수정시킨 후, 수정란 형태로 만들어 냉동(배아 냉동)하는 사례도 있습니다. 그것이 임신 확률이 더 높기 때문입니다.

병원에 난자를 맡긴 이 여성은 "장래 자신의 일과 출산 가능성을 열어놓기 위해서는 이 방법밖에 없었다."고 말합니다.

"가임기와 일하는 시기가 겹쳐 있는 데다가, 임신 가능 시한이 다가오고 있으니까요"

그녀는 자신이 냉동한 난자의 사진을 소중히 간직하고 있습니다.

"이 사진은 어떤 존재입니까?"

그녀는 이렇게 대답합니다.

"일종의 부적 같은 것이에요."

이 부적에는 여성의 어떤 생각이 담겨 있을까요? 언젠가는 낳고 싶다는 기도일까요? 아니면, 몇 살이 되든 낳을 수 있다는 희망일까요?(다만 채란 가능 연령은 40세까지, 자신의 자궁으로 '낳을 수 없는' 폐경 후에는 냉동 기간 연장 불가)

불임은 지극히 자연스러운 현상

여러분은 이 난자 냉동을 여성의 행복추구의 한 수단으로 인정해도 된다고 생각합니까? 독신 여성이 자신의 난자를 냉동하는 사례만이 아니라, 노다 세이코 의원처럼 이미 난자 노화로 괴로워하는 여성에게 젊은 여성의 냉동 난자를 제공하는 방법도 있습니다.

또는 미란다의 이야기를 듣고 놀란 남성처럼 이와 같은 생식의료는 '과학의 남용'이라고 생각합니까? 그렇게까지 할 필요가 있을까? 라든가, 인간의 삶과 죽음이 일정한 범위를 넘어서서는 컨트롤할 수 없는 것과 마찬가지로 '아이는 하늘이 주는 것'이라고 생각하는 분도 계시겠지요. '아이를 가질 수 없다'는 것은 당사자의 생명과 건강상태에 직접적으로 관계된 것이 아닌 만큼 인공적으로 생식에 관여하는 것은 자연을 거스른다거나 자기 멋대로라고 생각할 수도 있습니다.

그러나 '하늘에 맡긴다'고 결론짓는 것은 현실에서는 꽤 어려운 일입니다. 분명 불임은 단순한 생물학적 운입니다. 어떤 생물 종이든 일정한 비율로 자손을 남기지 못하는 개체가 존재합니다.

인간이라는 종(種)도 불임이 일정 수가 존재한다는 것은 극히 자연스러운 일입니다. 그 자체는 도덕적으로 나쁜 것도 아니고, 불행도 아닙니다. 자연현상일 뿐입니다.

하지만 불임이라는 현실에 직면한 사람들은 자신을 불운 혹은 불행하다고 인식하는 경향이 있습니다. 자신들 부부가 불임인 것을 알고 충격을 받는다면 슬픔치유(grief care)가 필요하다고 할 정도입니다. 나이에 따른 난자 노화도 그 자체는 단순한 자연현상이지만, 여성들은 좀처럼 포기하지 못하고 '왜 좀 더 젊을 때 낳지 않았을까?'라고 자신을 비난하기 쉽습니다.

그 배경의 하나로 들 수 있는 것은 여성과 생식에 대한 사회의 가치관과 의식이라고 생각합니다.

야나기사와(柳澤) 전 후생노동성 장관의 '여성은 아이를 낳는 기계'라는 발언과 이시하라(石原) 전 도쿄도지사의 '할망구'라는 발언(이것은 재판까지 갔다-생식능력을 상실한 고령의 여성은 쓸모없다는 등의 발언)처럼, 현대사회에는 여전히 여성의 사회적 가치가 출산에 있다는 관점이 뿌리 깊게 남아있다고 생각합니다.

여성 스스로 이 같은 가치관을 자각 없이 자기 안에 내면화하여 '낳고 싶다'(라기보다 낳지 않으면 안 된다)라는 생각에 사로잡히는 일도 있지 않을까요? 커리어를 쌓아온 우수한 여성들이기 때문에 생물학적으로 낙제라는 것에 강한 저항을 느끼게 되는 것입니다.

젊을 때 낳으라는 압박

또 난자의 노화가 주목을 받은 결과 여성들에게 '젊을 때 낳아라'라는 압박이 새롭게 가해지고 있다고 봅니다.

일에 전념하는 사이에 난자 노화가 진행되어 '아이를 갖고 싶은데 임신이 안 된다'는 고민을 안고 있는 여성이 분명 적지 않을 것입니다.

앞의 프로그램을 제작한 NHK에서 설문조사를 실시했습니다. 이를 통해서도 20대에서 30대 전반의 사회인으로서의 성장기인 커리어 형성 시기와 여성의 임신적령기가 중첩되어 있다는 것을 알 수 있습니다. 또 '남녀고용기회균등법' 성립(1985년/1972년 제정된 〈근로여성

복지법)의 개정) 이후 남성과 같은 시기에 입사한 '균등법' 세대 중 임신적령기에 난자의 노화를 모르고 일에 전념해 온 여성이 많다는 것을 알게 되었습니다.

하지만 난자의 노화를 알고 있었다고 해서 반드시 일찍 낳는 것은 아닙니다. 앞의 NHK의 설문조사에서 '난자의 노화를 몰랐다'고 대답한 여성에게 '알고 있었다면 더 일찍 임신과 출산을 했을 것이라고 생각합니까?'라고 물었습니다. 35세 이상의 여성으로 한정한 결과에서 '그랬을 것이다'라고 답한 여성이 65%, '그렇게 생각하지 않는다'는 대답은 4%, '그렇게 생각하지만 실현은 할 수 없었을 것'이라고 대답한 여성이 31%였습니다.

'그렇게 생각하지만 실현할 수 없었을 것'이라는 이유로 '학업과 커리어가 임신·출산에 의해 중단되기 때문'이 22%, '직장 등 주변의 이해가 없었기 때문'이 18%로, 커리어 형성을 이유로 든 사람들이 가장 많았습니다.(〈낳고 싶어도 낳을 수 없다-난자노화의 충격〉 NHK 취재반, 분게이순주, 2013, 52쪽) 그 다음으로 '경제적 이유'가 이어지고 있습니다. 더욱이 '기타'라고 대답한 여성도 많았는데, 그 이유를 기술하도록 한 결과 절반 이상이 '결혼이 늦었다', '상대를 만날 기회가 없었다'는 답변이었습니다.

본래 낳는다는 것은 누군가의 아이를 낳는다는 것이고, 상대가 누구든 괜찮다는 것이 아닙니다.(정자은행을 이용하는 여성도 도너의 학력과 신장 등을 고려) 아버지가 되는 남성과의 만남은 그야말로 인연이고,

여성이 스스로 컨트롤할 수 있는 것이 아닙니다. '혼활'(결혼을 위한 활동)을 한들 인생을 함께 하고 싶은 사람을 바로 만날 수 있는 것도 아닙니다.

일을 가진 현대여성의 대부분은 30세 전후가 되면 '일을 좋아하지만 이대로 가정을 이루지 않은 채로 인생을 살아도 되나?'라는 고민을 하거나 '아이가 있는 인생이냐, 아이가 없는 인생이냐'로 선택의 기로에 서는 일이 한 번쯤은 있습니다. 그때 구체적으로 결혼을 생각하는 상대가 있을 때도 있지만 결혼을 생각할 수 있는 파트너가 없는 경우도 있습니다.

[도표1] 고령 초산 여성 140명이 고령 초산을 하게 된 이유를 회신한 인터넷 조사

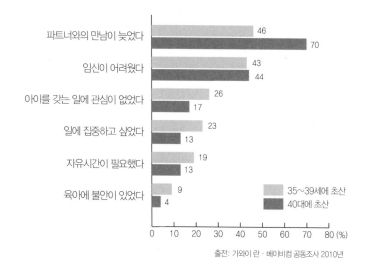

당신은 왜 고령 초산이 되었습니까?(복수 응답)

출전: 가와이 란 · 베이비컴 공동조사 2010년

출산·육아정보사이트 〈베이비컴〉과 출산저널리스트 가와이 란 (河合欄) 씨가 공동으로 실시한 인터넷 조사에서 고령출산을 한 여성 140명에게 '당신은 왜 고령출산을 하게 되었습니까?'(복수 응답)라는 질문에 '파트너와의 만남이 늦었다'는 응답이 40대 초산에서 70%, 35~39세의 초산에서 46%를 차지하고 있습니다.(《난자 노화의 진실》가 와이 란, 분슌신서, 2013, 57쪽) 2번째로 많았던 것은 '임신이 어려웠다' 는 응답으로, 파트너와의 만남이 늦었고 그 결과 낳고 싶다고 생각했 을 때는 임신하기 어려워졌다는 것을 알게 되었습니다. [도표1]

노산화가 반드시 여성이 적극적으로 선택한 라이프 디자인이 아

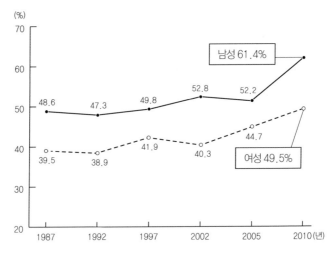

[도표2] 이성교제 상대가 없는 미혼자 비율

이성교제 상대가 없는 미혼자가 늘고 있다

출전 : 국립 사회보장·인구문제연구소, 〈14회 출생동향 기본조사〉, 2010년

니라는 것입니다. 자신의 커리어가 쌓일 때까지 '낳고 싶지 않다'라는 자기중심적 생각이나, 스스로 원해서 임신을 미룬 것도 아닌, 낳고 싶은 마음은 있지만 파트너가 없다는 이유도 있는 것입니다.

설령 생물학적 시계 바늘이 움직이는 소리를 몸소 느끼고 있었다 해도 결혼이나 파트너와의 인연은 여성이 혼자서 해결할 수 있는 문제가 아닙니다.

〈제14회 출생동향 기본조사〉에 따르면, 최근 이성교제 상대가 없는 미혼자가 급속도로 증가하고 있습니다. 이성교제 상대가 없는 미혼자는 남성은 61.4%, 여성은 49.5%가 됩니다. [도표2]

노산화는 남녀 쌍방의 만혼화에 기인하는 것으로 여성의 이기주의나 무지에 의한 것만은 아니라는 것은 남성도 꼭 알아두었으면 합니다.

누구의 아이든 낳아두는 것이 좋다?

내가 속한 연구자들의 세계에서도 여성 연구자 중 독신이 아닌 사람은 학생시절 결혼하거나 만혼인 경우로 나뉘는 경향이 있습니다.(남성도 같은 경향이 보임)

학생시절 결혼의 기회가 없었다면, 학회활동을 시작하여 업적을 쌓기 위해 연구에 전념하는 20대에서 30대의 나이에, 적령기(임신 포함)를 놓치게 되는 것은 '균등법 세대'의 여성과 유사할지도 모릅니다. 이 경우, 그대로 독신을 유지하거나 아니면 대학에 자리를 잡은 후에 뜻밖의 만남이 이루어져 결혼하는 만혼형이 됩니다.

내가 대학원생이었을 때 중년의 남성 연구자로부터 누구의 아이든 아이는 지금 빨리 낳아두는 것이 좋다는 '친절한 충고'를 듣고, 분노한 적이 있습니다. 난자 노화, 불안, 노산화 같은 말을 들으면 현대 여성이 놓인 절박한 상황을 모르는 타인들은 뻔히 알면서도 임신 적령기를 지나치는 여성들을 답답하다고 생각할지도 모릅니다.(하지만 지금도 이 일을 생각하면 도가 지나친 성희롱 발언이었다고 생각함)

이와 마찬가지로, 난자 노화에 대한 지식을 보급하고 이를 통해 여성들에게 '젊을 때 낳읍시다'라고 외치는 것(2013년에 도입이 검토된 '여성수첩'안 등)은 의미 없는 부조리한 압박을 가하는 것이 됩니다. 여성에게 '낳는 성'으로서의 사회적 가치를 강요하고, 불임의 원인이 모두 여성에게 있는 것처럼 오해하게 하는 폐해는 물론이거니와, 낳는다는 것은 반드시 여성 자신의 의사만으로 실현된다고 볼 수 없기 때문입니다. 그것이 자궁암 검진과 유방암 검진을 장려하는 것과의 커다란 차이라고 생각합니다.

생물학적 시계로부터의 해방

따라서 '젊을 때' 난자의 노화를 멈추고 싶다는 것입니다.

앞서 미란다가 말했죠.

'정자은행이 아닌 난자은행이라는 거야. 그러면 압박감이 사라질 것 같아. 언제까지 만들어야 한다는 시간제한도 없어지고.'

자신의 냉동 난자를 난자은행에 맡겨 두면 '언제까지'라는 중압감과 시간제한에서 해방되게 됩니다. 출산의 시한을 설정하는 생물학적 시계는 난자에 있으므로 냉동을 통해 난자의 '시간'을 멈추면 됩니다.

현재의 연구에서는 여성의 출산 능력 그 자체는 나이가 들어도 크게 변하지 않는다는 사실이 밝혀져 있습니다. 젊은 난자가 있으면 본인이 40세 이후가 되어도 임신·출산이 가능해진다는 것입니다. 최근에는 67세와 70세 여성이 출산했다는 해외 뉴스가 보도되었습니다. 이들은 모두 젊은 여성의 난자를 제공받아 출산한 사례입니다.

30대 초반 정도까지의 여성이면 자신의 난자를 냉동해 둠으로써 난자의 시간을 젊은 상태 그대로 멈출 수가 있습니다. 출산 시한, 즉 생물학적 시계에서 해방되게 됩니다. 여성이 커리어를 쌓고 경제적인 안정을 얻은 후 난자를 해동하여 체외수정으로 아이를 가지는 선택이 가능해집니다.

여성이 아이를 만드는 시기를 자신의 라이프 플랜 속에 자유롭게 세우게 될지도 모릅니다. 30대까지는 커리어 확립에 전념하고, 40대가 되어 사회적 지위를 굳히고 경제적 안정을 얻게 된 후 아이를 갖거나 60대가 된 후 또는 정년퇴직 후 아이를 낳아 가정생활이 중심인 제2의 인생을 시작하는 라이프 플랜이 등장할지도 모릅니다.

여기에서 앞서 소개한 남성의 말이 떠오릅니다

'아이를 낳고 싶다고 해서 50세가 넘은 여성이 아이를 낳아도 된다고 생각해?'

당사자들의 절실함과는 반대로 아이를 낳고 싶다는 소망과 무관한 사람들에게 생식기술은 당치도 않은 '과학의 남용'으로 보이는 것 같습니다. 그것은 왜일까요?

남성과 달리 여성의 생식 가능연령이 젊을 때로 한정되고 있는데에는 출산과 양육에 필요한 체력, 남은 수명 등 다양한 이유가 있다고 합니다. 자연이 설정한 '생물학적 시간'을 과학의 힘으로 바꿔버린다—분명 여기에는 무언가 문제가 생길 것 같은 기분이 듭니다.

예를 들어, 앞서 기술한 젊은 여성의 난자를 기증받아 67세에 출산한 여성은 그 2년 후에 쌍둥이를 남기고 사망하고 맙니다. 70세에 출산한 다른 여성은 지금은 건강해도 아이가 성인이 될 때까지 살 수 있을지 어떨지 모릅니다. 그러나 그렇다고 해서 고령(자연스러운 생식 연령을 넘은) 출산은 '아이의 복지'에 반한다고 말할 수 있을까요?

생식의료의 시비에 관한 논란의 대부분은 생식을 위한 기술이 본래의 의미에서의 병의 치료에 해당되지 않는다는 것에 기인합니다.

임신활동은 어디까지가 치료인가

불임이 의학적 연구의 대상이 되고, 그 치료가 이루어지게 된 것은 아주 최근의 일입니다.

앞서 미란다는 배란 장애의 치료를 위해 배란을 촉진하는 호르몬제를 복용하고 있습니다. 이것을 듣고 과학의 남용이라고 비판하는 사람은 아마 많지 않을 것입니다.

하지만 생식능력을 유지하기 위해 난자를 냉동한다는 이야기를 듣는다면 어떨까요? 그 남성처럼 무슨 의미가 있냐고 추궁하는 사람도 있을 것입니다. 즉 난자 냉동이 정당한 의미에서의 의학적 치료에 해당하는 것인가 하는 근본적인 의문입니다.

불임 즉, 생식을 위한 장애의 치료에는 두 종류가 있습니다.

배란이 잘 되지 않는 여성이나 정자 수가 적거나 정자가 없는 남성의 경우, 또는 정자의 운동성과 수정능력이 떨어지는 경우에는 호르몬제에 의한 치료가 행해지는 일이 있습니다. 이러한 치료는 비교적 크게 비판하지 않을 것입니다. 의료 본래의 형태에 가깝기 때문입니다.

본연의 의료행위는 환부를 치료하는 '근치의료'입니다. 환부를 제거하고 염증을 억제하는 등 병든 환부 그 자체를 회복하고, 어떤 방법을 써서든 정상적인 상태 혹은 기능을 회복시키는 것이 의학적인 치료입니다.

이 경우 호르몬제 치료는 생식에 장애가 되는 요소를 제거하기 위해, 문제가 되는 환부 자체를 정상적, 즉 임신 가능한 상태로 회복시키는 것이고, 따라서 근치치료라고 할 수 있습니다.

한편, 생식기술 중에는 이러한 치료가 잘 되지 않아 생식기관의 장애를 고치지 못했을 경우라도, 그 질환은 그대로이지만 치료한 것과 같은 효과를 얻을 수 있는 것이 있습니다.

예를 들어, 체외수정이라는 기술을 사용하면 난관 폐쇄가 있는 사람이라도 폐쇄된 난관을 우회하여 수정란을 만들 수 있고, 난소를 적출해 버렸거나 혹은 기능부전인 사람도 다른 여성에게서 난자를 받아 아이를 가질 수 있습니다. 남성의 정자 수가 적을 경우 아주 적은 수의 정자라도 체취하여 난자에 넣는 현미경 수정이라는 기술이 있고, 완전히 무정자라면 제3자(도너)가 제공하는 정자를 사용하여 아이를 만드는 DI(비배우자 간 인공수정)도 있습니다.

이들은 모두 환부의 근치는 불가능해도 아이를 갖고 싶다는 소망을 이루어줄 수 있는 기술입니다.(물론 100% 치료 가능한 것은 아님)

이 경우 사용되는 생식기술은 근치치료가 아닙니다. 생식기관의 문제는 그대로 두지만 희망은 이룰 수 있는 구제치료입니다.

구제치료란 근치치료가 불가능한 경우, 질환은 그대로 두고 소망을 이루거나, 고뇌와 삶의 질의 저하로부터 당사자를 구제하기 위한 의료 조치입니다.

머리글에서 서술한 것처럼 근시를 가진 사람에게 안경과 콘택트렌즈 처방은 전형적인 구제치료입니다. 근시 자체는 고칠 수 없으므로 렌즈로 시력을 보정하여 잘 보이지 않는 불편함에서 환자를 구제하고 삶의 질을 향상시키고 있습니다. 또 심장질환에 대한 페이스 메이커(심장 박동 조율기) 사용도 구제치료입니다. 심장 장애 자체는 치유할 수 없지만 페이스 메이커를 사용함으로써 삶의 질을 향상시킬 수 있습니다.

환부는 뇌에 있는 것일까, 신체에 있는 것일까

일본에서 근치치료가 아닌 구제치료의 개념이 강하게 인식된 계기는 성별적합수술(성전환 수술)의 시비를 둘러싼 논의였습니다.(《뇌사·클론·유전자 치료—생명윤리의 연습문제》가토 히사타케, PHP신서, 1999)

성동일성장애를 가진 남성의 외성기 제거 수술을 시행한 산부인과 의사가 유죄가 된 '블루보이 사건'의 판례(1969년) 이후, 이 수술은 '금단의 수술'이 되어 일본에서 공식적으로 실시된 적이 없었습니다. 설령 본인의 강한 희망이 있다 하더라도 성동일성장애를 가진 사람의 건강한 신체에서 정상적인 생식기관을 제거하는 것은 '이유 없이 생식을 불능으로 만들면 안 된다'는 구 우생보호법(현 모체보호법) 제28조에 저촉되기 때문입니다. 이유 없이 즉, 의학상 정당한 이유 없이 생식을 불능으로 만들어서는 안 된다, 다시 말해, 치료 이외의 목적으로 생식능력을 빼앗아서는 안 된다는 것입니다.

외상과 악성종양 등의 문제로 인한 이유 있는 생식기관의 적출은 이 조항에 저촉되지 않지만, 성동일성장애를 가진 사람처럼 완전히 정상으로 기능하는 생식기관을 제거해 버리는 것은 위법 행위가 되어 형사소추를 당할 가능성이 있습니다.

그 때문에 성동일성장애가 있는 사람의 수술 요청을 받은 사이타마(埼玉) 의과대학(1998년 일본 최초로 성별적합수술 시행) 윤리위원회에서는 수술의 가부를 둘러싸고 4년에 걸쳐 심의가 이루어졌습니다. 논의의 중심은 '성별적합수술은 의학적 치료의 대상인가? 취미와 기호로 시술하는 미용성형과 어떻게 다른가?' 또 "법적 문제로서, 어떤 이유라면 구 우생보호법의 '이유 없이'가 '이유 있음'이 되는가"라는 문제였습니다.

초점이 된 것은 성동일성장애가 치료대상이 되는 병이라고 해도 성별적합수술이 종래의 의미에서 '치료' 개념에 부합하지 않는다는 것이었습니다. 통상 의료현장에서 외과수술이라는 침습행위가 허용되는 것은 신체의 환부를 치료하는 경우뿐입니다. 하지만 성별적합수술은 이런 의미에서의 '근치치료'는 아닙니다. 성동일성장애로 힘들어하는 사람의 경우 환부에 대한 고통의 원인은 뇌에 있는 것이고, 신체에 있는 것이 아닙니다.

환부가 뇌 혹은 정신에 있는 것이라면 정신과에서 심리요법 등의 정신적 치료를 행하거나, 뇌의 외과수술로 뇌내의 성인지를 결정하는 신경핵을 치료해야 합니다. 즉, 뇌와 정신이라는 환부 그 자체를 신체의 성별에 맞추는 것이 '근치치료'이고 본래의 의료형태입니다. 하지만, 성별적합수술은 정상적으로 기능하는 신체 쪽에 메스를 대고 신체를 개조하는 것으로, 환부 이외의 부분을 변경하게 됩니다.

신체는 남성으로서 또는 여성으로서, 태어났을 때의 성에 따른 생식기관을 갖추고 있을 뿐입니다. 건강한 신체의 '생식기능을 불능으로' 만들고, 의사(疑似) 성기를 만드는 것은 쉽게 정당화하기 어려운 신체에 대한 침습행위입니다.

이와 같은 수술을 사이타마 의대의 윤리위원회가 승인한 이유는, 성동일성장애 그 자체가 치료 불가능한 선천적인 장애이고, 적어도 그 장애의 경우에는 외과수술 외에는 당사자의 고통을 제거하는 방법이 없기 때문입니다. 즉 성별적합수술은 '근치치료'가 아닌, '구제치료'에 해당합니다. 신체적으로는 아무런 의학적 이익도 없는 거세와

성형수술이 정신적으로는 당사자를 고통에서 구제하는 치료가 되는 것입니다.

이야기가 조금 벗어났습니다. 다시 생식의료 이야기로 돌아가 볼까요.

모발이식은 과학의 남용이 아닌가

그 외 구제치료가 되는 생식의료의 예로서 '대리모 출산'을 들 수 있습니다. 대리모 출산은 어떤 신체적 원인에 의해 아이를 임신·출산할 수 없는 여성을 위해 다른 여성이 아이를 낳아 주는 것입니다. 현재 서양에서는 이것이 불임 치료로서 의료기관에서 실시되고 있는 곳도 있습니다.

그러나 대리모 출산은 근치치료는 아닙니다. 아이를 낳을 수 없는 원인은 본인의 신체(예를 들면 자궁)에 있는 것이므로 근치치료라면 신체의 문제 그 자체를 치료해야 합니다. 하지만 불임은 환부의 근치치료가 불가능하기 때문에, 일단 아이를 원하는 당사자 혹은 커플의 희망만을 이루어주는 것입니다. 이것은 불임의 고민에서 당사자들을 구제하기 위한 구제치료의 일환입니다. 미란다가 생각한 난자 냉동 또한 구제치료로 간주할 수 있을지 모릅니다.

구제치료가 윤리적으로 문제시되기 쉬운 이유는 그것이 의료기술의 '편의적 이용' 예를 들어, 치료 이외의 목적으로 행해지는 미용

성형, 도핑 등과 종이 한 장 차이라고 인식되기 때문입니다. 구체치료와 편의적 이용의 경계선은 애매하고 사람에 따라 다릅니다.

생식을 위한 의료기술 중 어디까지가 치료이고, 어디까지가 편의적 이용인가? 이것이 커다란 모럴 딜레마가 됩니다.

난자 냉동과 대리모 출산은 의학적 치료일까요? 아니면 과학의 남용일까요?

앞서 드라마 〈섹스 앤 더 시티〉의 장면에서는 돈을 들여 모발이식을 한 남성이, 생식기술은 '과학의 남용'이라고 강하게 비판합니다.

하지만 건강 상태의 회복(근치치료) 이외의 목적으로 의료기술을 이용한다는 점에서는 남성의 모발이식도 생식기술과 유사하다고 이야기할 수 있습니다. 머리카락이 적어지거나 없어지는 것 자체는 자연현상이고 병도 아니며 생명과 직결된 것도 아닙니다. 그럼에도 불구하고 머리카락이 풍성했으면 하는 자신의 절실한 바람, 또는 자신의 삶의 질 향상을 위해 인공적으로 모발을 심으려고 하는 것은 어떤 의미에서 자연을 거스르는 행위, 자기 멋대로의 행위일지도 모릅니다. 이것도 어쩌면 과학의 남용이 아닐까요?

칼럼 1

불임 커플이란 누구인가

불임 커플이란 어떤 사람들을 가리킬까요? 일본에서 불임으로 고통 받고 병원 문을 두드리는 사람들이라고 하면, 이번 장에 등장한 '난자 노화'로 고민하는 30대 후반, 혹은 40대 여성들을 떠올릴지도 모릅니다.

2006년 프로레슬러인 재규어 요코타(Jaguar 橫田) 씨가 45세로 출산한 후 40세 여성의 초진이 급증했다고, 일본에서 불임 치료를 행하는 의사들은 입을 모아 말합니다. 실제로 45세에 체외수정으로 출산할 가능성은 1회당 0.6%입니다. 의사도 그렇게 설명하지만, 가능성이 전혀 없는 것은 아니라는 작은 바람으로 1회에 수십만 엔씩 하는 치료를 희망하는 사람이 끊이질 않는다고 합니다.

하지만, 나라에 따라서는 임신하기에 충분히 젊고 건강하며, 신체적으로는 아무런 문제가 없는 사람들도 '불임 치료 환자'로 인식되고 있습니다.

예를 들어, 미국에서는 당사자들의 생식능력에 문제가 없어도 어떤 이유에서 아이를 갖지 못하는 커플이 불임 치료 환자로 이름을 올리고 있습니다. 즉, 게이와 레즈비언 커플과 부부 중 한쪽이 성동일성장애로 '성별적합수술'을 받고 있는 커플—'남편'이 수술을 받아 성별을 바꾼 '원래 여성'인 경우, 외견과 성 역할적으로는 '이성'혼 커플이지만, 해부학적으로는 '동성'커플이 됨—입니다. 이 같은 사정으로 커플 간에 아이를 만들 수 없는 사람들이 아이를 원할 경우, 그들은 '사회적 불임'이라고 인식되며 치료의 대상이 되는 환자로 간주되고 있습니다.

여성 간 커플은 DI를 이용한 도너 정자로 임신하는 치료를 받을 수 있고, 남성 간 게이 커플의 경우에는 도너의 난자와 자신들의 정자로 수정란을 만들어 그것을 대리모가 되는 여성이 임신 출산하면 커플의 한쪽과 유전적으로 이어진 아이를 낳을 수 있습니다.

그들이 환자이고, DI와 난자 제공, 대리모 출산이 치료로 인식되는 것에 강한 위화감을 가지는 분도 계실 것입니다. 하지만 이 같은 생식의료 기술은 그들에게 가족을 형성할 권리를 보장하기 위한 치료 혹은 의학적 서포트라고 보는 견해가 있습니다.

어쨌든 커플들 자신의 신체상에는 전혀 이상이 없지만, 동성 커플이 됨으로써 본인들 사이에서는 아이를 가질 수 없는 사람들도 '불임 치료 환자'라고 합니다.

한국에서는 '대를 이을 남자를 낳는 일이 시집온 여성의 역할'이 되어 단순히 아이가 아닌 '핏줄을 이을 건강한 남자'를 낳는 일이 중시되어 왔습니다. 이 같은 사고방식을 내면화하여 '어떻게 해서든 남자아이를 낳아야 한다'고 하며, 남자아이를 낳기 위한 불임 치료를 받으려고 하는 사람들 또한 '불임 치료 환자'로 간주되고 있습니다. 불임 치료를 요구하는 환자 중에 '남자아이가 없는 커플'이 포함되어 있는 것이 일본과 서양에서는 볼 수 없는, 한국만의 특징입니다.(근래에는 이와 같은 전통적 사고방식이 줄었다고 함)

또 하나 들고 싶은 것은 이스라엘입니다. 이스라엘에서는 합법적으로 대리모 출산이 인정되고 있고, 그 생식의료 기술은 다른 의료선진국과 어깨를 나란히 할 정도로 높은 수준입니다. 그리고 모든 이스라엘 사람들은 종교적 신념에 상관없이 두 명의 아이를 낳을 때까지는 몇 번이고 무료로 체외수정을 받을 수 있습니다. 게다가 이스라엘에서는 체외수정과 인공수정, 대리모 출산 등을 부부의 경우만이 아니라, 결혼하지 않은 비혼여성에게도 인정하고 있다는 것이 큰 특징입니다.

국가 창설 초기부터 항상 인구문제로 위협받고 있고, 홀로코스트로 600만 명을 잃는 등 인구확보가 중대한 과제인 이스라엘에서는 출산율 향상을 위한 대응책으로 정부가 임신·출산에 관한 치료를 사실상 무료로 제공하고 있습니다. 이스라엘 의사들에게는 기혼·비혼을 불문하고 이 나라의 모든 여성들이 생식의료의 서포트를 받아야 하는 환자일까요?

2장

더 이상 왕자님을 기다리지 않는다?

정자은행과 선택적 싱글맘

백설공주와 정자은행

'백마 탄 왕자님은 도대체 언제 나타나는 거야!'

전날 밤, 만취해 클럽에서 광란의 밤을 보낸 샤롯은 숙취로 머리를 감싸안으며 탄식했습니다.

그녀는 언젠가 돈 많고 잘생긴 왕자님이 찾아와 고독하고 지루한 맨해튼의 일상에서 자신을 구해줄 것이라 믿고 있습니다. 하지만 좀처럼 나타나지 않습니다. 잘 될뻔한 남성은 언제나 가정을 가진 남자이거나, 엄마와 결혼한 마마보이거나, 싸움을 좋아하거나 구두광 변태이거나…. 해서 맨정신으로는 견딜 수 없습니다.

캐리는 위로하듯 그녀에게 말을 겁니다.

"샤롯, 자신이 스스로 왕자님이라고 생각한 적 없어? 스스로 자기 자신을 돕는 거야."

"그건 너무 슬퍼!"

"아~, 그런 말은 하지 마…."

샤롯의 말에 사만다를 비롯한 세 명의 독신 여성들은 민망해졌습니다.

그녀의 백마 탄 왕자님에 대한 열망은 자립한 30대 싱글 여성 대부분이 마음속 깊이 간직하고 있으면서도 결코 입 밖에 내서는 안 되는 소망이기도 합니다.

집으로 돌아온 캐리는 샤롯이 믿는 동화에 대해 생각해 봅니다.

'만약 평생 왕자님이 나타나지 않는다면 백설공주는 영원히 관 속에서 잠들어있는 건가? 아니면 그사이 잠에서 깨어 독사과를 토해내고 취직해 정자은행에서 정자를 받아 아이를 낳았을까?'

그때 문득 떠오른 의문.

'아무리 자신감 넘치는 싱글 여성이라도 마음속 깊은 곳에서는 모두 왕자님에게 구출되기를 기다리고 있는 걸까? 샤롯이 말한 대로 여자는 모두 그런 존재일까?'

결혼 없이 인생을 디자인 – 선택적 싱글맘

다시 드라마 〈섹스 앤 더 시티〉의 여성들을 등장시키겠습니다.(시즌3 에피소드1 〈자립한 여성과 왕자님〉 Where There's Smoke…)

샤롯의 꿈은 언젠가 왕자님이 나타나 희고 빛나는 웨딩드레스를 입고 버진로드를 걸으며, 그를 쏙 빼닮은 귀여운 아기를 품에 안는 것입니다. 만일 이대로 백마 탄 왕자님이 나타나지 않는다면 그녀는 언젠가 꿈에서 깨어나 자신이 왕자가 되어 정자은행으로 가게 될까요?

정자은행이란 큰 키와 고학력에, 건강하고 유전적 질환이 없는 등의 조건을 통과한 남성의 정자를 모아 액체 질소로 냉동보존하고, 고객이 희망하는 도너의 정자를 해동하여 정자 주입용 카테터로 자궁 안에 삽입하는 서비스를 제공하는 시설입니다.

제1장에서 기술한, 남편의 무정자증으로 아이가 생기지 않는 불임 커플과 싱글 여성, 레즈비언 커플 등이 아이를 갖기 위해 정자은행을 찾아 민족, 혈액형, 신장, 체중, 눈과 머리카락 색, 학업성적, 스포츠, 취미 등등이 카탈로그화된 도너 정보를 토대로 냉동정자를 선택하고 인공수정(DI)을 받습니다.

미국에서는 지금까지 적어도 100만 명 이상이 DI로 탄생했다고 합니다. 일본에서도 전후(1945년 이후)부터 DI가 행해져 현재까지 1만 명 이상의 아이들이 태어났다고 합니다.

처음부터 왕자님을 기대하지 않고 자신의 인생에서 결혼을 빼고

설계하는, 경제적으로나 정신적으로 자립한 여성도 있습니다.

예를 들어 헐리우드 여배우인 조디 포스터는 굳이 결혼과 파트너를 가지려 하지 않고, 정자은행에서 얼굴도 모르는 남성의 정자-두뇌가 뛰어나고 운동능력도 높은 정자-를 구입해, DI 시술을 받고 두 아이의 엄마가 되었습니다.

이처럼 파트너를 갖지 않고 아이를 갖는 여성을 선택적 싱글맘(SMC, 즉 Single Mothers by Choice) 혹은 계획적 싱글맘, 비혼 싱글맘이라고 합니다. 미국에서는 선택적 싱글맘이 1990년대 초반 5만 명에서 2008년에는 15만 명으로까지 증가했다고 합니다.(《마이크로 트렌드-세상을 움직이는 1%의 사람들》 마크·J.펜 외, 일본방송출판협회, 2008)

일본에서도 미혼 또는 비혼 싱글맘(이혼과 사별 등에 의한 것이 아니라 독신인 채로 엄마가 됨)이 급증하여 2010년에는 13만 2천 명으로, 2005년과 비교하면 48.2%의 증가율을 보이고 있습니다.(〈국세조사 산업 등 기본집계〉 제29표, 총무성 통계국, 2010) 그 배경으로 2005년에서 2010년에 걸쳐 적출이 아닌 아이(혼외자)의 출생 수가 증가 경향에 있는 것을 들 수 있습니다.(〈인구동태 통계〉 4-29표, 후생노동성, 2010)

또 1947년 이후 감소 경향에 있던 합계 특수 출생률이 2005년 1.26으로 바닥을 치고 회복 경향을 보여 2010년에는 1.39가 되고, 저출산 진행 속도가 완만해지고 있습니다.

미혼·비혼 싱글맘의 급증이 합계 특수 출생률의 회복에 기여하고 있다고 합니다.(〈인구동태 통계〉 4-1표, 후생노동성, 2010)

정자은행이 저출산을 막는다?

과거에는 여성이 결혼하지 않고 아이를 낳는 것은 사회적으로 허용되기 어려운 풍조였습니다. 하지만 지금은 여성도 고학력이 되었고, 커리어를 쌓아 경제적으로 안정되면 '결혼은 하고 싶지 않은데 아이는 갖고 싶다'는 사람이 꽤 있습니다.

또는 일로 성공한 우수한 여성이 '결혼하고 싶지는 않지만, 나의 뛰어난 유전자를 남기고 싶다'거나 '아이는 갖고 싶지만, 그렇다고 결혼에 한평생 매이고 싶지 않다'고 생각하는 여성도 있습니다.(남성도 그런 경우가 있음)

그중에는 가족은 필요한데 남자는 믿을 수 없다고 하는 여성이 정자은행의 도너라는 '완벽한 연인'(배신하지 않으므로)과의 사이에서 아이 낳기를 희망하는 경우가 있을지도 모릅니다.

선진국 중에서 출산율 저하를 멈출 수 있었던 나라는 모두 혼외자의 출생률이 높은 나라입니다. 2004년판 《저출산 사회 백서》(일본 내각부)에 의하면 스웨덴에서는 56%, 덴마크에서는 44.9%, 미국에서는 33.96%가 혼외자입니다. 혼외자라도 키우기 쉬운 환경이라면 아이를 '낳고 싶다'고 생각하는 여성은 있습니다. 이것이 일본에서는 1.93%입니다.

앞에서 본 바와 같이 일본에서도 비혼 싱글맘의 급증이 출산율 저하를 완화시키고 있습니다. 일본에서도 혼외자가 환영받게 되면 가족의 형태가 달라질지도 모릅니다.

이전에 여성이 싱글맘이 되는 경우의 대부분은 이성 간의 성교섭에 의한 것이었습니다. 하지만 최근에는 여성이 스스로 정자은행과 의료기관에 찾아가 DI를 받고 선택적 싱글맘이 되는 사례가 늘고 있습니다.

그 배경에는 혼자서도 충분히 아이를 양육할 수 있는 경제력을 가진 여성의 증가와 연애는 적극적이지만 결혼에는 꽁무니를 빼는 미적지근한 남성들이 있습니다. 더욱이 운명적 상대와의 결혼과 아이를 원하면서도 일에 몰두하는 사이 30대, 40대가 되어 버린 커리어 여성의 증가 등이 작용하고 있습니다. 싱글로서는 입양도 불가능하기에 독신 여성이 왕자님을 기대하지 않고 아이를 갖고자 한다면 DI는 절호의 수단입니다.

DI를 이용해 계획적으로 싱글맘이 되려고 하는 여성의 동기는 다양합니다. 결혼과 남성과의 파트너십이라는 선택지 자체를 자신의 인생에 편입시키지 않는 여성도 있고, 왕자님 기다리기를 포기한 것은 아니지만 너무 오래 기다리다 늦어지는 것을 걱정하여 DI를 선택하는 경우도 있습니다.

샤롯처럼 30대가 된 백설공주들은 언제까지 왕자님을 기다릴 수 있을 것인지, 그 시한을 강하게 의식할 수밖에 없습니다. 앞서 얘기한 난자 노화라는 현실에 직면하는 것입니다. 만일 이대로 운명의 남자가 나타나지 않는다면? 또는 적어도 아이를 만들 수 있는 시한까지 왕자님이 나타나지 않는다면?

　이런 경우 인생의 '플랜 B'로서 스스로 자신을 구하기 위해 정자 은행에서 정자를 받는 백설공주도 있습니다. 왕자님과의 결혼을 꿈꾸던 그녀에게는 최선이 아닐지도 모르지만, 아이를 갖는다는 희망만큼은 이룰 수 있을지도 모릅니다.

인생을 위한 플랜 B

'제발, 착상이 잘 되길!'

산부인과 병원의 진료실에서 조이는 진찰대에 올라 양다리를 높이 들어 올리며 간절히 기도합니다. 의사는 지금 막 그녀에게 익명의 도너 정자를 인공수정해 주었습니다. 그것은 사랑의 결정체가 아니므로 이상적 방식이라 할 순 없겠지만….

애견샵을 경영하는 조이는 자신이 하는 일에는 만족하지만 아직 인생의 반려자를 만나지 못했습니다.

'결혼도 출산도 무리인 것 같아서… 플랜 B를 가동시켰어.'

연애와 결혼, 그리고 출산. 이 세 가지를 순서대로 진행하는 것이 이상적(理想的)이겠지만, 그것이 무리인 것 같으니 출산만이라도 이루어 두려고 하는 것입니다. 자신의 인생 플랜을 진지하게 생각해 주지 않는 남성 친구에게 정자를 받기보다는 얼굴을 모르는 도너의 정자가 낫다고 생각합니다. 정자은행의 도너는 그야말로 완벽한 연인입니다. 살아있는 사람과는 다르게 배신하지 않으니까.

인공수정을 받은 조이는 기분이 업되어 병원을 나섭니다. 비 속에 우산도 쓰지 않고 완전히 들뜬 기분입니다.

하지만 얄궂게도, 그날 그녀는 운명의 남자를 만나게 됩니다. 목장을 경영하는 스탠과의 만남입니다. 어느샌가 그를 진심으로 사랑하고 있는 자신을 발견함과 동시에 자신의 그 '플랜'이 틀어지고 있다는 사실을 인정하지 않을 수 없습니다.

인공수정은 어떻게 되었을까요? "어차피 임신은 어려워. 냉동정자는 활발하지 않다고 했어."라고 말하던 그녀였지만 연애가 본격적으로 시작되던 어느 날, 인공수정으로 쌍둥이를 임신한 사실을 알게 됩니다.

'그는 특별하다구. 임신은 좀 곤란해.'라고 고민하는 조이.

더욱이 인공수정을 시술해준 의사의 권유로 〈싱글 마마의 모임〉에 참가한 그녀는 거기에서 처음으로 선택적 싱글맘들과 자신과의 결정적 차이를 깨닫게 됩니다. 그들은 이렇게 단언합니다.

"우리는 싱글이고 엄마이고, 자긍심이 있어요. 입양이든 인공수정이든 공통점은 하나. 아이를 원하고 자력으로 실현했다는 거예요!"

"남자 없이 아이를 갖는다면 방법은 하나죠."

조이는 뭐라 말할 수 없는 거북함을 느낍니다. 처음부터 남자를 빼고 인생을 디자인한 멤버들과, 어디까지나 플랜 B로서 싱글맘이 되려고 한 자신. 그녀에게 싱글맘이 되는 것은 결코 이상(理想)이 아닙니다.

애타게 기다리던 운명의 남자. 그와 결혼을 생각하는 분위기가 되었을 때 견딜 수 없게 된 조이는 이내 진실을 고백합니다.

"나 임신했어."

"…아빠가 누구야?"

"몰라. 정자은행의 도너는 익명이라서."

"도대체 왜 그런?"

"아이를 갖고 싶었어. 가임기가 끝나는 것이 두려웠거든."

"얼굴도 모르는 남자의 아이를 임신하다니!"

"그렇게 말하지 마! 아이를 갖고 싶었을 뿐이고, 당신을 만나기 전의 일이야."

"그럼 내가 어떻게 말할까? 무조건 축하한다는 말이라도 하라는 거야?"

"일생일대의 큰 결단을 한 거야. 그 후에 당신을 만났고. 당신과 같이 있으면 내 계획이 망가질 뿐이야. 헤어지자."

본심과는 다르게 조이는 그에게 이별을 고하고 말았습니다.

"연인이 되자마자 '두 아이의 아빠'가 되는 거잖아!"

스탠은 동요를 감출 수가 없었습니다.

–영화 〈그에게는 말할 수 없는 나의 계획 The Back-up Plan〉 한국어 제목 〈플랜 B〉, 2010

임신 확인 후 〈싱글 마마의 모임〉에서 그녀는 과호흡 발작을 일으키고 말았습니다. 멤버가 이상하다는 듯 물었습니다.

"어째서 동요하고 있죠? 냉동정자로 바로 임신이 된 건 굉장한 행운이에요. 게다가 쌍둥이라니, 최고인 걸요."

"최고의 남자를 만났어요. 그런 남자는 처음이에요. 생각이 완전히 바뀌어버려서 전업주부도 좋다는 생각까지 하게 돼요. 예상치 못한 일이지만 어쨌든 남자를 만났어요. 계획을 포기하고서라도 그 사람과 함께 있고 싶어요. 헤어지는 것이 두려워요. 어쩌면 좋을까요?"

갑자기 분위기가 어색해졌습니다. 당황한 멤버가 말합니다.

"여기는 〈싱글 마마의 모임〉이에요. …당신은 우리와는 다른 세계에 있군요."

"다른 그룹으로 가는 것이 좋을 것 같아요."

만일 조이가 운명의 남자와 만나지 않았다면 자신이 계획한 그 플랜은 완벽했을까요? 그녀는 〈싱글 마마의 모임〉의 멤버처럼 '남자 없는' 인생을 구가했을까요?

아마도 그렇지 않았을 것입니다. 먼저 아이를 낳고 출산 가능한 시한을 의식하지 않을 수 있다면 연애와 결혼에 대한 소망을 이루어줄 왕자님을 여유롭게 기다릴 수 있다고 생각했으니까요.

신체적 불임과 사회적 불임

DI는 원래 남성 쪽에 원인이 있는 불임 커플을 위해 행해진 생식 보조의료기술(ART)입니다. 이 같은 의료기술을 '불임 고민'이나 '불임 경험'이 없는 싱글 여성이나 레즈비언 커플에게 사용해도 될까요?

이에 대해서는 여러 가지 견해가 있습니다. 예를 들어, 그녀들은 불임에 대한 고민을 경험하지는 않았지만, DI의 보조가 없으면 아이를 가질 수 없다는 의미에서 '사회적 불임'이라고 불리며, 이 또한 의료에 의한 구제가 필요하다고 보는 견해도 있습니다.

이러한 여성들의 부모가 되고 싶다는 염원도 이성 커플들과 다르지 않습니다. 신체적 결함으로 인한 불임은 아닐지 모르지만 그들도 도너의 정자를 사용하기 위한 사회적 이유, 개인적 욕구를 가지고 있다는 것입니다.(《가족을 만들다─제공 정자를 사용한 인공수정으로 아이를 가진 사람들》켄 다니엘스 저, 센바 유카리 역, 닌겐토레키시샤, 2010, 41쪽)

또 한편으로, 아이에게는 아빠와 엄마라는 두 명의 부모가 필요하다거나 동성 커플에게서 키워진 아이는 성적 기호가 이상해진다는 등, 아이의 복지를 이유로 그들의 DI 이용을 제한해야 한다는 의견도 있습니다.

현재 정자은행과 DI를 실시하는 병원에서는 싱글 여성에게 DI를 거부하는 의사가 적지 않은 것 같습니다. 그에 반해 레즈비언 커플은 생식산업의 새로운 고객으로서 환영받고 있다고 합니다. 근래에 일부 국가와 미국의 일부 주에서도 동성혼이 인정되게 되고, 동성 커플에 대한 인지도가 높아지면서 그들도 부부이므로 아이를 가질 수 있다는 생각이 확산되고 있는 것이 그 배경이라고 할 수 있습니다.

한편, 싱글 여성의 경우에는 아이에게는 두 명의 부모가 필요하다는 생각이 여전히 강하고, 또 싱글 여성이 DI로 아이를 낳고 혼자서 키우게 되면 생식에 있어서 남성의 무책임을 조장하게 된다는 비판도 있습니다.

아빠가 없다는 것을 어떻게 전할 것인가

이렇게 태어난 선택적 싱글맘의 아이들은 자신에게 아버지가 없다는 사실에 대해 어떻게 생각할까요? 또 그들이 자신의 생물학적인 아버지가 누군지 알고 싶어 할 경우 그 알 권리를 인정해야 할까요?

일반적으로 레즈비언 커플이 게이인 지인 남성의 정자를 사용하거나 과거 이성혼 파트너였던 남성의 아이를 키우는 등, 도너의 익명성에 집착하지 않는 것에 반해, 선택적 싱글맘들은 아이가 도너에 대해 아버지라고 생각하지 않았으면 하기 때문에 익명의 도너를 바라는 경향이 있다고 합니다.

하지만 아이가 성장하면서 주위의 친구들과는 달리 자신에게 엄마밖에 없다는 것에 의문을 품게 됩니다. 나는 왜 아빠가 없어?라고 아이가 물었을 때 싱글맘들은 어떻게 대답할까요?

미국의 〈싱글맘스 바이 초이스〉(선택적 싱글맘의 모임)에서는 태어난 아이들을 위해 '너는 아빠가 누군지는 모르지만 엄마에게 사랑받고 있고, 정말 원해서 태어난 아이란다'라는 말을 어렸을 때부터 들려주는 활동을 하고 있습니다.

영국에는 아이에게 DI로 태어났다는 것을 전하기 위한 《My Story》(나의 이야기)라는 그림책이 있고, 일본어판도 나와 있습니다. 아이가 자신의 출생을 수치라고 생각하지 않도록, 엄마가 원해서 태어난 아이라는 것을 이해시키는 기능을 하고 있습니다.

이처럼 아이에게 출생의 진실을 전하는 것을 텔링(telling, 말하기)이라고 합니다. 과거에는 고지(告知)라는 말도 사용했지만, 이 말에는 재판장이 판결을 내리는 것처럼 위에서 아래로 일방적으로 정보를 던지는 뉘앙스가 있기 때문에, 최근에는 아이를 대등한 인격으로 대한다는 의미를 담아 텔링이라는 표현을 사용하게 되었습니다.(병명 '고지'의 상황에서도 근래에는 동일한 문제가 의식되기 시작했음)

그러나 이것으로 아빠가 누구인지 알고 싶고, 아빠를 만나고 싶다는 아이의 소박한 감정이 반드시 채워진다고 할 수는 없습니다. 도너가 아버지가 되지 않았다면, 싱글 여성에게서 태어난 아이의 아버지는 부재하게 됩니다. 불임 커플이 DI를 이용한 경우에는 양육해온 아버지가 있지만, 싱글 여성의 경우 아예 아버지의 존재 자체가 없습니다. 그것이 아이 자신에게 어떻게 느껴질까요? 아이들의 소리를 들어보겠습니다.

"너무 슬퍼요. 누구든지 자신의 할아버지와 또 그 위 증조할아버지로, 그 뿌리를 거슬러 올라갈 수 있어요. 하지만 나는 그럴 수 없어요. 마치 누군가가 그것을 허용하지 않고 막고 있는 것처럼 매우 고통스러워요."

캐나다에 사는 쉐리 크루즈 씨는 이렇게 말합니다. 그녀의 어머니는 DI를 통해 미혼의 몸으로 쉐리 씨를 낳았습니다. 도너는 익명이었고, 그녀는 생물학적 아버지를 모르기 때문에 오랫동안 결핍을 느껴왔다고 말합니다. 자신의 반이 베일에 싸여 있다고 하는 뭐라 표현할 수 없는 스트레스를 느껴왔던 것입니다.

그녀는 어머니에게 DI를 시술한 의학부 졸업생 중에 도너가 있을지도 모른다는 생각에 졸업생 사진을 한 명씩 찾아보며 몇 년 동안 정자 도너를 찾고 있습니다.(《인간 유유》-불임 부부의 결단·아버지를 찾는 '자매'의 여행 편. NHK교육, 2002.1.21)

인공수정아 프로그램에 출연한 쉐리 씨에게 사회자가 묻습니다.

"도대체 무엇을 알고 싶은 건가요?"

"나의 반을 알고 싶어요. 유전정보에도 관심이 있고, 도너와 어떤 부분이 닮았는지 알고 싶어요."

도너를 알고 싶다는 DI아동의 대부분이, '자신의 정체성을 알기 위해서'라고 말합니다. 정체성-나는 과연 누구인가? 어떤 사람의 유전정보를 이어받고 있는 걸까? 즉, 자신의 존재-을 확인하기 위해 도너를 만나고 싶어합니다. 도너는 어떤 사람인가, 자신과 어디가 닮았나, 잠깐이라도 좋으니 만나서 차라도 마시면서 이야기하고 싶다는 것입니다.

형제를 찾아라

설령 생물학적 아버지를 만날 수 없다고 하더라도 자신의 형제를 만날 수 있다면 정체성의 공백이 상당히 메워질 수 있다는 생각에서, 같은 정자 도너에게서 태어난 '도너 형제'를 찾기 위한 웹사이트가 생겼습니다.

웹사이트 〈싱글마더스 바이 초이스 Single Mothers by Choice〉

웹사이트 〈싱글마더스 바이 초이스〉 멤버 중 우연히 자신들이 같은 도너의 정자를 사용한 아이들 즉, 배다른 형제인 것을 알게 된 사람들이 있습니다. 이를 계기로 그들은 데이터베이스(http://www.singlemothersbychoice.org/)를 구축하여 같은 정자 도너에게서 태어난 형제임을 알 수 있는 시스템을 만들었습니다.

이 데이터베이스는 싱글이든 결혼한 사람이든 제3자로부터 제공된 정자·난자·수정란으로 아이를 가진 부모들 모두에게 열려 있고, 같은 도너에게서 태어난 다른 아이(형제)가 있는 곳을 알 수 있습니다. 태어난 아이가 자신의 생물학적 부모(도너)를 찾는 데에도 유용합니다. 부모들에게 도너 정보, 인공수정을 받은 병원의 이름과 주소, 아이의 이름, 성별, 출생일을 제공하도록 권유하고 있습니다.(《가족을 만들다》300~301쪽)

또 도너 형제 등록 사이트 〈도너 시블링 레지스트리〉(https://www.donorsiblingregistry.com/)는 콜로라도주에 사는, DI로 아이를 낳은 여성과 그 아들에 의해 만들어진 웹사이트로 국경을 넘어 다양한 나라에서 형제가 매칭되고 있습니다.

"아빠는 죽었어?"라고 묻는 당시 두 살 반이 된 아들 라이언에게 엄마 클레이머는 이렇게 정직하게 대답했습니다.

"네 아빠는 없어. 엄마는 아기를 갖고 싶어서 친절한 의사 선생님의 도움을 받아 너를 낳은 거야."

그 후 라이언은 반복해서 유전상의 아버지를 알고 싶다고 이야기했습니다. 아들의 요구에 부응하기 위해 클레이머는 아들에게 직접 정자은행 앞으로 편지를 쓰게 했습니다. 아무런 답장도 없었지만, 정자은행에 전화를 걸었을 때, 전화기 너머로 "같은 도너에게서 다른 아이도 태어났어요."라는 말이 들려 왔습니다.

'아들에게 형제가 있다!'

이 사실을 알고 모자는 무척 놀랐습니다.

'도너도 나에 대해 알고 싶어 할지도 몰라.'

2000년, 그들은 DI로 태어난 형제를 찾는다는 메시지를 야후 게시판에 올렸습니다.(〈다큐멘트·AID-비배우자 간 인공수정〉 제5회 〈유전적인 '형제자매'를 찾다〉 오노 가즈모토, 고단샤, 《G2》, 2013.6.16. 열람)

처음 2년간은 37명밖에 모이지 않았지만, 미디어에 나올 때마다 등록자가 늘어 2003년 전용 사이트를 만들었습니다. 이용한 정자은행명과 도너 번호 등을 입력하여 사이트에 등록하고, 같은 도너의 정

웹사이트 〈도너 시블링·레지스트리 The DONOR SIBLING REGISTRY〉

자를 제공받은 사람이 등록했다면 형제가 판명되는 방식입니다. 정자 제공자가 사이트에 등록하면 유전상의 아버지를 알 수 있습니다.

2006년 10월 현재는 7천 명이 등록되어 있고, 2,500쌍 이상의 '반(半)형제'가 판명되었다고 합니다.(〈생식기술과 새로운 가족 형태〉 오기노 미호, 마루제니 출판《생식의료》시리즈 생명윤리학6, 2012, 229쪽)

정체성 문제로 오랫동안 고민해온 아이에게는 가슴이 뻥 뚫리는 기쁘고도 놀라운 일일 것입니다. 아버지의 부재라는 결핍을 느끼고 있던 그들이 돌연 도너 패밀리라는 대가족의 일원이 된 것이니까요.

또 이와 같은 사이트를 구축함으로써 판명된 것은 한 명의 도너에게서 태어난 아이는 10명까지라고 말하던 정자은행의 말이 엉터리였다는 사실입니다. 2011년 9월에는 형제등록을 통하여 자신의 아들에게 150명의 형제가 있다는 것을 알게 된 경우도 있습니다.

그러면 도너 측은 이 같은 상황을 어떻게 느끼고 있을까요?

다음 장에서 도너의 심정에 초점을 맞추어 생각해 보겠습니다.

3장

나의
나머지 반을
알고 싶다

생식 비즈니스로 태어난 아이들

제공자에게 DI 아동이란

머리카락이 적다는 고민을 해결하기 위해 행해지는 모발이식과 부모가 되고 싶다, 아이를 갖고 싶다는 소망을 이루기 위한 생식의료의 결정적 차이는, 후자는 새로운 인격-아이-이 태어난다는 점입니다. 생식의료를 이용하여 아이를 가진 부모는 그 사실을 아이에게 말해야 할까요?

앞장에서 싱글맘을 사례로 한, 아이에 대한 텔링에 관해 이야기했는데, 부부가 DI(도너의 정자를 이용한 인공수정)로 아이를 낳은 경우에는 아이의 법적인 아버지가 되는 사람(남편)이 있기 때문에 정자를 제공한 유전상의 아버지와, 태어난 아이를 자신의 아이로 양육하는 아버지라는, 두 명의 아버지가 존재하게 됩니다.

여기에서 조금 상상력을 발휘해 주십시오. DI에서 이용되는 정자의 제공자는 어떤 사람들일까요? 또 그 제공자에게 자신의 정자로 태어난 아이는 어떤 존재일까요? 이번 장에서는 정자 도너가 된 남성의 시점에서 불임 치료로서의 DI의 현황과, 태어난 아이들이 놓인 상황에 초점을 맞추어 보겠습니다.

당신은 533명의 아버지입니다

〈인생, 브라보!〉(한국어 제목 〈미스터 스타벅〉 2011)라는 캐나다 영화가 있습니다.

데이비드 우즈냑은 아버지가 경영하는 정육점에서 일하는 독신 남성입니다. 사업에 실패해 거액의 빚만 남기고, 여성에게도 성실함을 보여주지 못하여 연인인 발레리에게 완전히 신용을 잃은 형편없는 중년 남성입니다.

오랜만에 여자 친구인 발레리에게 찾아가자 그녀로부터 뜻밖에도 임신 소식을 듣습니다. 하지만 그녀는 데이비드를 믿지 못하겠다며 혼자서라도 낳겠다고 우깁니다. "아이라니…"라며 당황해하는 그에게 친구는 "낙태시켜.", "네가 애를 키운다는 건 무리야."라고 충고합니다. 잠 못 드는 밤을 보낸 다음 날, '멋진 아빠가 되겠어'라고 결심한 데이비드 앞에 낯선 변호사가 나타납니다.

"데이비드 우즈냑 씨죠?"

"1988년부터 1990년까지 2년 동안 '스타벅'이라는 가명으로 정자를 제공했지요?"

데이비드는 등줄기에 식은땀이 흘렀습니다.

"23개월 동안 693회 제공하고, 그 대가로 2만 4,255달러를 받았지요. 우수한 정자였어요."

변호사는 사무적으로 말을 이어갑니다.

"성가신 문제가 생겼는데, 일정기간 동안 그 정자가 모든 환자에게 사용됐어요. 그 결과 533명이 태어났고, 그중 142명이 아버지를 찾고 있어요."

데이비드는 귀를 의심했습니다.

"당신은 533명의 아버지입니다."

이미 말문이 막혀, 입을 벌린 채 멍하니 서있습니다.

"정자를 제공할 때, 당신은 비밀유지 계약을 했어요. 병원 쪽에는 비밀유지 의무가 있지만, 일부 아이가 계약은 무효라고 주장하고 있어요."

내 정자로 아이가 태어나다니. 연인이 낳을 아이의 아빠도 못 될 형편인데…!

도너가 된 데이비드에게 그건 정말 생각지도 못한 일이었습니다.

물론 병원에서 DI를 위한 정자제공이라는 설명을 듣고 동의했고, 분명 도너 프로그램에 참가하여 미래에 자신의 아이가 5명이든 10명이든 태어날 가능성이 있다는 것도 상식적으로는 알고 있었습니다.

하지만, 설마 현실이 될 줄이야. 도너가 된 남성이 자신의 정자로 아이가 태어나거나 그 아이가 성인이 되는 모습을 상상하는 것은, 제공 시점에서는 어려운 일일지도 모릅니다.

데이비드는 20년 지기 친구 변호사에게 상담을 합니다.

"693회, 정자제공 때마다 비밀유지 계약을 했다고?"

"응. 매번 계약서에 사인했어."

"원고는 도너의 비밀유지보다 아이의 기본적 인권이 우선이라는데. 이것 참 성가시게 됐군."

정자도 노화한다

데이비드의 신변에 무슨 일이 일어났는지, 이제 아시겠지요? 그렇습니다. 그는 학생시절에 693번이나 정자제공을 했습니다. 병원에서는 한때 그의 정자만 사용했기 때문에, 변호사의 말처럼 본인이 모르는 곳에서 이미 533명의 아이가 태어났던 것입니다.

아직 이해가 안 되는 분이 계실지도 모릅니다. 왜 병원에서 주인공과 같은 제공자의 정자를 사용하는 것일까?-이것이 바로 DI라고 불리는 생식의료입니다.

DI(Donor Insemination)란, 제공된 정자를 이용하는 인공수정입니다. AID(Artificial Insemination by Donor)라고 불리는 일도 있지만, 인공적(Artificial)이라는 표현에 익숙하지 않거나 AIDS와 혼동하기 쉽다는 이유로 요즘에는 DI라는 말이 사용되고 있습니다. 이 책에서도 기본적으로는 DI라고 표현하지만, AID도 여전히 통용되고 있고 가이드라인의 명칭으로도 되어 있어 때때로 AID를 사용하겠습니다. 그때는 DI와 같은 의미라고 이해하면 됩니다.

도너에 의한 인공수정은 통상 '비배우자 간 인공수정'으로 번역됩니다. 비배우자 간, 즉 부부 사이가 아닌, 아내의 난자와 남편이 아닌 도너의 정자를 이용해 인공수정하여 아이를 만드는 것입니다. 구체적으로는 스포이드 모양의 기구를 이용해 아내의 자궁 또는 난관에 남편이 아닌 남성의 정자를 인공적으로 주입합니다.

왜 많은 커플들이 생판 모르는 타인의 정자로 아이를 만드는 것일까요?

DI 또는 AID는 세계에서 가장 오래된 생식의료라고도 불리며 무정자증 등, 남편의 정자에 문제가 있어 아이를 가질 수 없는 경우 제3자의 정자를 이용하여 아이를 갖는 방법입니다. 남편과의 유전적 관계는 없지만, 아내와는 유전적으로 이어진 아이를 낳을 수 있습니다. 그중에는 남편과 어떤 형태로든 유전적 관계가 있는 아이를 갖고 싶다는 바람에서 남편의 아버지나 형제로부터 정자를 제공받아 DI를 행하는 사례도 있습니다.

최근 난자 노화가 부각됨에 따라 남성불임에 대해서도 조금씩 알려지게 되었습니다. 남성불임의 대표적 경우는 무정자증이지만, 그 외에 정자의 노화도 있습니다.

'남성은 70세까지 아이를 만들 수 있다'라는 말을 많이 하지만, 남성의 정자도 난자만큼 급격히는 아니지만, 35세를 정점으로 서서히 노화되어 간다고 합니다.

1980년, 캘리포니아주에 설립된 〈생식세포 선별보관소〉(repository for germinal choice. 1980~1998)는 노벨상 수상자, 또는 IQ 180 이상의 남성으로 한정된 정자은행이었습니다. 이 은행은 정자은행의 우생학적 이용을 처음으로 가능하게 한 것으로 화제가 되었습니다.

그러나 설립자 로버트 그레이엄(Robert Klark Graham)은 당초 노벨상 수상자의 정자로 인공수정을 받은 여성들이 좀처럼 임신하지 못하는 것을 고민했습니다. 그 원인은 정자를 보면 금방 알 수 있습니다. 노벨상 수상자들은 이미 고령이 대부분이었고, 현미경으로 보면 그 정자의 움직임은 활동성을 잃어버린 것이었습니다.

덴마크에서는 정자 도너의 연령을 45세까지로 제한하고 있는데, 이는 남성의 연령도 생식에 관계가 있다는 것을 의식한 기준일 수도 있습니다. 남성불임의 경우, 정자가 조금이라도 채취된다면 현미경 수정을 시도할 수 있지만, 그것이 어려운 경우에는 제3자의 정자로 아내가 아이를 낳는 DI라는 선택지가 부상하게 됩니다.

게이오대학의 정자 제공

일본 최초로 DI 아동이 탄생한 것은 1949년이었습니다. 당시 이 뉴스는 각계에 큰 파문을 일으켰습니다. 국가가 우수한 과학자 등을 선택해 그 정자를 희망하는 싱글 여성에게 제공한다면 세계적으로도 우수한 인종 즉, 우생학적으로 바람직한 인종의 개조가 가능하다는 발언과, 아내가 남편 이외의 남성의 정자로 임신·출산하는 것은 간통이자, 의학에 대한 모독이라는 반대론, 부부 간에 문제가 발생하거나 유산 상속 등 갈등이 일어날 수 있다는 우려가 표명되며 엄청난 논란을 불러일으켰습니다.

그 후 일본에서는 게이오대학이 중심이 되어 현재까지 만 명 이상의 아이(DI아동, 혹은 AID칠드런)가 태어나고 있다고 합니다. 게이오대학에서는 법학부의 전문가와 협력하여 다음과 같은 일정한 자율규제 하에 DI를 실시하고 있습니다.

(1) 도너를 선택할 때 혈액형 이외는 선택권이 없다. 아이는 남편의 친자

가 되므로 남편과 도너의 혈액형을 일치시킬 수는 있지만, 그 외의 속성, 예를 들어 도너의 용모, 학력, 취미 등은 선택할 수 없다.

(2) 도너는 익명으로 한다.(게이오대학에서는 이 대학 학생을 도너로 하고 있음)

(3) 근친혼을 피하기 위해 동일 도너 아이의 출생 수를 제한한다.

또 정액을 매개로 한 감염을 막기 위해 간염과 성감염증 등 도너의 바이러스 검사를 비롯해 몇 가지 조건을 마련하고 있습니다.(《DI아동의 바람직한 복지-비배우자 인공수정으로 태어난 아이들》 이케쇼지 유코, 와세다대학 문화구상학부, 2012)

현재 일본에서 이 DI는 기정사실화되어 예전처럼 간통이니, 인체실험이니, 윤리에 어긋난다느니 하는 비판은 잠잠해진 것 같습니다.(DI아동 중에는 'DI로 태어나고 싶지 않았다'는 사람도 있지만, 이에 대해서는 나중에 살펴보도록 함)

한때 DI로 태어난 아이들의 IQ가 높다는 통계가 있었고 그것을 듣고 자신의 남편보다 우수한 정자를 희망하며 DI를 원하는 여성이 늘어난 적도 있었다고 합니다.

학회는 1997년에 AID에 관한 '회고(會告)'(사실상 가이드라인)를 발표하고, 1998년부터 실시 성적을 공표하고 있습니다. 이에 따르면 매년 100명에서 200명의 아이가 태어나고 있습니다.

유전자로 확인하고 싶은 부자관계

남편의 입장에서 자신과 유전적 관계가 없는 아이를 자신의 아이로 키우는 것은 웬만한 각오로는 결심하기 어렵습니다. 그중에는 태어난 아이와 유전적 관계가 있다는 것을 확인한 후가 아니면 부자관계를 구축할 수 없다고 생각하는 남성도 있습니다.

신생아 집중케어실에서 일하는 간호사들에게 들은 이야기인데, 최근에는 아내가 분만할 때 남편이 '아이의 혈액형을 조사해 달라'고 의뢰하는 경우가 늘고 있다고 합니다. 게다가 아내에게는 비밀로 해 달라고 하면 간호사들도 곤란해집니다.

그 결과 아이의 혈액형이 자신의 것과 맞지 않으면, 내 아이가 아니라며 감정이 격화되고, 그 말을 들은 조모 즉, 출산한 아내의 친정 어머니도 내 딸은 그런 애가 아니라면서 의료진 앞에서 큰 싸움이 벌어지는 일도 있다고 합니다.

물론 아이의 혈액형은 그 아이의 개인정보이고, 적어도 '아내에게 비밀로' 조사하는 것은 비밀유지의무 문제와도 관련되므로 어떻게 대응하는 것이 좋을지 간호사들도 골머리를 앓고 있다고 합니다. "신생아 때는 어머니의 혈액과 섞이거나 하여 아직 혈액형이 분명하지 않은 경우도 있어서 정확하다고 할 수 없습니다."(이것은 사실임)라고 말하며 그 자리에서 거절하거나 진단 결과에 단서를 다는 일도 있다고 합니다.

아이와의 유전적인 관계를 확인하고 싶어하는 아버지가 실제로 존재하는 상황이므로, DI를 이용하여 유전자 이외의 연관성(양육)에 의해 '부모가 되고 싶다'고 생각하는 사람들에게는 그에 상응하는 시간과 과정이 필요합니다.

아이를 갖지 않는다, 입양을 한다, 현미경 수정에 도전한다와 같은, DI 이외의 선택지도 있습니다. 그리고 아이가 없는 인생을 생각할 수 없거나, 연령제한과 대기시간이 길어 입양을 단념한 경우, 또는 현미경 수정의 비용과 건강한 아내의 신체에 생길 위험과 부담을 고려한 후, DI라는 선택지에 도달하게 되는 커플도 있습니다.

수출·수입되는 미국의 정자

데이비드는 정자 제공에 대한 보수를 받았습니다. 법규제가 존재하지 않는 미국에서는 생식에 시장원리의 침투가 비교적 쉽게 일어났습니다. 특히 정자의 냉동기술은 꽤 일찍부터 확립되어 냉동정자의 신선도를 유지할 수 있게 되면서 정자의 공간 이동이 가능해지고, 정자의 수출과 수입이 이루어지게 되는 등 비교적 이른 시기부터 물건·상품으로서 유통되게 되었습니다.

1970년대부터 정자를 매매하는 상업적인 정자은행이 등장하게 되었습니다. 초기 정자은행의 고객은 남편에게 무정자증 등 불임의 원인이 있는 이성혼 커플이었습니다. 1990년대에 들어와서는 현미경 수정이라는 기술이 등장하여, 단 1개의 정자만이라도 발견되면 그것을 난자에 주입하여 수정시킬 수 있게 되면서 이성혼 커플 고객이 격감했습니다. 이들을 대신하여 정자은행의 새로운 고객층을 구성하게 된 것이 레즈비언 커플과 싱글 여성들입니다.

정자은행의 역사가 긴 미국에서는 규제의 필요성도 인식되기 시작했고, FDA(Food and Drug Administration 미식품의약품국)에서는 도너 정자에 대해 성감염증 등의 질병 검사를 하고, 6개월 냉동보존한 후, 안전성이 확인된 것만을 사용하도록 규정하고 있습니다.

현재, 미국에는 정자은행이 20곳 이상 있다고 하는데 그중에서 미국 최초의 NPO로서 1982년 캘리포니아주에 설립된 캘리포니아 정자은행(The Sperm Bank of California)은 특별한 곳입니다. FDA에 의한 관리하에 비상업적 운영이 보장되고 있기 때문입니다.

이 정자은행에서는 세계 최초로 정자 도너와 이를 제공받는 고객 쌍방에게 카운슬링을 행하고, 정자 도너의 정보를 공개하는 프로그램을 실현했습니다. 카탈로그화된 도너 정보에는 도너의 신장과 체중, 혈액형에서부터 피부와 눈동자 색, 머리 색과 모발의 질 등이 기재되어 있습니다. 그 정자를 사용하여 집에서 셀프 수정을 하는 여성도 있어, 사진을 넣은 설명서도 제공하고 있다고 합니다.(《정자제공−아버지를 모르는 아이들》우타시로 유키코 저, 신초사, 2012, 150쪽)

고객의 3분의 1이 레즈비언 커플이고, 나머지가 싱글 여성과 남녀 커플로, 둘째 아이를 원하는 고객에게는 유전적 형제가 될 수 있도록 같은 도너의 정자를 사용하는 프로그램과 가족끼리 연락할 수 있는 명단도 준비되어 있다고 합니다.

도너의 프라이버시 보호

데이비드는 정자 제공 시, 병원과 '비밀유지계약'을 했다고 말합니다. 왜 도너인 자신의 신원을 숨기는 계약을 한 것일까요? 자신의 프라이버시를 지키고 싶다는 것이 가장 큰 이유일 것입니다.

일반적으로 정자 도너 자신이 가정을 가지고 있는 경우도 많고, DI로 태어난 아이에게 '인지'를 요구받거나, 자신의 가정생활에 간섭받는 것을 우려해 아이와의 관계를 차단하기를 원하는 사례가 있습니다. 또는 정자를 제공했다는 사실 자체를 가족이나 가까운 지인에게 밝히기 어려운 경우도 있을 것입니다.

데이비드도 연인에게 자신이 스타벅이라는 사실을 쉽게 이야기하지 못했습니다. 그 사실을 알게 된 그녀도 이를 받아들이는 데 시간이 필요했습니다.

그럼 왜 정자를 제공했지?라고 의문을 던지겠지만, 정확히 말하면 돈 때문이었습니다. 당시 그는 여생이 얼마 남지 않은 어머니의 꿈-부부 동반으로 이탈리아를 여행하는 것-을 이루어주기 위해 큰돈이 필요했습니다. 그 때문에 계속해서 정자를 제공한 것입니다.

이 무슨 말도 안 되는 행동인가?라고 생각할지도 모르겠습니다. 하지만 병원에서는 도너가 부족하고 제공자를 기다리는 커플도 있습니다. 제공한 정자를 필요로 하는 사람이 많은 것이 사실입니다.

정자 제공자의 비밀을 어디까지 지킬 것인가

비밀유지 이야기로 돌아가 보죠.

병원 측에서도 데이비드와 같은 우수한 정자를 가진 도너들이 많은 정자를 제공할 수 있도록 익명을 원하고 있습니다. 익명이 지켜지지 않으면 정자를 제공받기 어려워 정자 도너가 줄어들 우려가 있기 때문입니다.

일본의 의사들도 도너 수 감소에 대한 우려에서 도너의 신원을 밝히는 것을 꺼리며 '아이의 태생을 알 권리'를 인정하는 것에 반대하는 목소리를 내고 있습니다. 안 그래도 정자 도너가 부족한 상황이라, 특히 게이오대학에서는 1990년대 중반에 AID를 희망하는 사람이 많아 추첨방식으로 결정한 때가 있었습니다. 추첨에 당첨되면 도장으로 동그라미만 찍힌 용지가 봉투에 담겨 도착하였고, 반년에 한번 당첨될까 말까 하는 상황이었다고 합니다.

도너의 비익명화는 환자 쪽에서도 강한 반발이 있습니다. 도너로부터 난자를 제공받아 출산한 노다 세이코 의원도 아이의 태생을 알 권리에는 반대하며, '도너의 권리에 대해서도 고려해야 한다', '장래에, 제공한 정자를 통해 탄생한 아이가 자신을 찾아오게 된다면, 불임으로 힘들어하는 사람을 위해 선의로 정자 제공을 한 사람들도 주저하게 될 것'이라고 말합니다.(〈정부법안에 말한다—노다 세이코 의원에게 묻다〉 이와카미 야스미, 《산부인과의 세계》 제57권 10호, 이가쿠노세카이샤,

2005) 도너의 비밀유지를 지키지 않으면 제공자가 감소하여 정자와 난자의 제공을 필요로 하는 자신과 같은 환자가 곤란해진다고 생각하고 있습니다.

DI를 이용한 부모 자신이, 가정에 도너의 영향을 개입시키고 싶지 않다거나 아이는 남편의 아이로 평범하게 키우고 싶다고 생각하는 경우도 있어서, 아이에게 DI 사실 자체를 알리지 않는 사례도 많습니다.

일본의 정자 제공은 익명이 원칙이며, 의학생의 정자 등을 이용하여 비밀리에 행해져 왔습니다. DI를 이용하여 아이를 가진 부부도 그 사실을 아이에게 전하지 않는 경우가 많아, 지금까지 실태는 명확하게 밝혀져 있지 않습니다.

DI를 받기 전 사전동의(informed consent 의사가 환자에게 진료의 목적·내용을 충분히 설명하여 납득시킨 다음 치료하는 일)하는 방식에도 많은 문제가 있다는 것이 최근에서야 밝혀지게 되었습니다.

남편의 무정자증을 알고 입양도 쉽지 않다는 것을 알게 된 후, 고민 끝에 남편의 제안으로 마침내 정자 제공을 받으러 온 여성은 초진이 너무나도 어이가 없어 놀랐다고 합니다.

"선생님이 짤막하게 'AID를 희망하시죠?'라고 물어 그렇다고 답하자 '계약서를 쓰세요'라고 하더군요. 이렇게 간단해도 되나 생각할 정도였어요."(《정자제공》 79쪽) 더욱이 간단한 설명 후에 의사가 "정자를 제공해 준 사람은 대학의 우수한 남성이니까"라고 말하며, 이 치료를 받는 것은 "부모, 형제에게도 말하지 않는 것이 좋다"라는 주의를

주었다고 합니다.(《정자제공》80쪽)

　또 그중에는 검사 후, 조용한 복도로 불려나가 DI를 받는 것을 주위사람에게 알리지 않는 것이 좋다는 간호부장의 말을 듣고, 떳떳하지 못한 느낌을 실감한 여성도 있었습니다.(《정자제공》60쪽)

　이처럼 DI로 아이를 갖는 커플과 DI를 실시하는 의료기관, 그리고 도너 자신에게 있어서도 비밀유지가 바람직하다고 인식되었던 것입니다.

　하지만 여기에는 DI로 태어난 사람의 시점이 빠져 있습니다. 도너를 모르고 있는 것이 태어난 아이들에게 어떤 의미를 가지는지, 최근까지 별로 주목되지 않았습니다.

제공된 정자로 태어난 아이들에게 비밀이란

불임 치료 현장에서는 의료진과 커플 모두가, 임신하여 아이를 탄생시키는 것에만 관심이 있고, 그 아이가 성장하여 10대가 되었을 때 DI를 이용한 사실을 전해야 할지, 전한다면 어떻게 전하는 것이 좋을지에 대해서는 별로 생각하고 있지 않다는 지적도 있습니다. "아기를 팔에 안는 순간 치료에 대한 모든 것은 잊어버리세요."라고 말하는 의사도 있다고 합니다. 하지만 당사자인 커플과 그 아이에게 있어서 현실에서 눈을 돌리는 것이 반드시 좋은 것만은 아닙니다.

자신이 게이오대학에서 DI로 태어난 것을 실명으로 공개한 남성은 DI의 가장 큰 문제는 태어난 아이가 커다란 정신적 부담을 강요당하는 것이라고 말합니다. 유전상의 루트를 알지 못하는 것, 그리고 부모가 아이에게 이 사실을 숨기려고 하는 것이라고 말이죠.(마이니치신문 〈논점〉 2013.3.17)

자신의 뿌리, 유전자의 반을 모르고 있는 것 즉, 도너가 누군지 모른다는 것은 DI라는 방법으로 태어난 아이들에게 불안과 결핍을 의미한다고 합니다. 이 남성은 또 이렇게 말합니다.

"자신이 어디서 온 누구인지 모른다는 것은 어둠 속에 내던져진 것과 같은 느낌이고, 어쨌든 불안합니다. 나는 본능적으로 아버지에 대해 알고 싶습니다. 유전상의 아버지를 찾게 된다면 나에게 뚫려 있는 반쪽 구멍이 메워질지도 모른다고 생각합니다. 그래서 부모도 우선 아이에게 AID로 태어났다는 사실을 정확히 전달해주었으면 합니다. 특히 유전상의 아버지를 찾을 수 있게 해주었으면 좋겠어요. 앞으로 태어나는 아이들에게 같은 고통을 맛보게 하고 싶지 않으니까요."《정자제공》 219쪽)

또 하나의 문제는 부모가 아이에게 이 사실을 숨기려고 하는 것입니다. 이것은 아이에게 있어 부모와의 신뢰 관계와 자기 정체성의 붕괴, 나아가 자신의 존재 자체를 부정당하는 것을 의미합니다. DI로 태어난 여성은 이렇게 말합니다.

"태어난 당사자에게 무엇이 문제냐 하면, 부모가 아이에게 진실을 이야기하지 않는 것이에요. 태생이라는 것은 자신의 근간을 이루는 토대가 되는 것이고, 그 위에 여러 가지 경험을 축적하여 자기 자신이 완성되어 가죠. 하지만 어느 날 갑자기 이 토대가 다르다는 것을 알게 되면 쌓아온 모든 것이 무너져버리는 느낌이에요."

"부모 자신도 이 기술을 선택한 것에 대해 긍정하지 못하니까 숨기는 것이죠. 부모의 숨기고 싶다는 마음이 전해질수록 아이는 자신의 존재를 인정받지 못하고 있다고 생각하는 것이죠."

또 자신이 DI로 태어난 것을 알게 된 사람 중에는 부모가 무언가 숨기고 있다, 뭔가 이상하다, 라고 집안에서 묘한 긴장감을 느끼면서 성장한 사람도 있습니다.

"무언가 이상하다는 느낌은 계속 있었어요. 아이는 자기의 가정밖에 모르지만 무언가 굉장히 무거운 느낌…."

그리고 DI로 태어난 사실을 알았을 때 '역시 그렇군'이라고 생각하게 되었다고 합니다.

"아버지와 피가 이어져 있지 않다는 사실에 '아, 역시 그랬어'라고 생각하게 되었어요. 무엇 하나 닮은 데가 없다는 건 느끼고 있었으니까 그건 이해가 되었는데, 나머지는 전부 거짓말이었나 하는 생각이 들었어요. 눈앞에 있는 현실이 모두 무너져내리는 느낌이 들었어요."

"어렸을 때부터 이상하다고 생각한 일이 퍼즐 조각처럼 맞춰졌어요. 37년간이나 속은 것에 대한 분노, 그와 동시에 해방감 같은 것을 느꼈어요."

불임 해결이 아닌 숨기기 위한 기술

앞에서처럼, 일본에서는 의사가 DI를 받는 커플에게 비밀로 하는 것이 좋다고 말해 왔습니다. 남성불임은 남성으로서의 정체성을 흔드는 '수치스러운' 것이고, 타인의 정자로 아이를 만드는 것은 혈통을 중시하는 사회에서 '떳떳하지 못한' 것이라는 사회통념이 있어서인지, 태어나는 아이는 남편의 아들이라고 생각하는 것이 중요하고, 기른 부모와 유전적 연결고리가 없다는 것을 알면 아이가 행복해질 수 없다고 생각해 왔습니다. 이 같은 생각이 아이의 인생에 확실히 어두운 그림자를 드리우게 했습니다.

"AID란 불임을 해결하는 것이 아니라, 불임을 감추기 위한 기술로써 사용되고 있는 것도 문제입니다. 외형적으로는 혈연으로 이어진 가족이 생겨도, 본래 중요시해야 할 신뢰 관계는 훼손되어 버리죠. 무언가를 숨기면서 진정한 부모자식 관계를 쌓을 수 있을까요? 아이를 원한다면 진실과 마주할 수 있는 관계를 만드는 것이 아이를 위한 일이라고 생각합니다."

특히 유전자 해석기술이 발전함에 따라 부모 등 혈연자의 유전성 질환을 미리 알아둠으로써 미래에 자신에게 일어날 수 있는 위험을 파악하고, 예방할 수 있다는 점도 자신의 태생을 알 권리를 주장하는 근거가 될 수 있습니다.(몇 년 전 유방암 발병 전 유전자 진단을 받아 위험을 낮추기 위해 유방을 절단한 안젤리나 졸리의 일화도 있음)

DI로 태어난 사람 중에는 자신이 '정자'라는 물질에서 태어났다는 느낌이 견딜 수 없어, 거기에 '인간'이 있었다는 것을 확인하고 싶어하는 사람도 있습니다.

"그때까지의 나도 진정한 내가 아닌 것 같은 기분이 들었습니다. AID로 태어났다는 것도, 어머니와 '정자'라는 물질에서 자신이 생겼다는 느낌이 들어 너무 싫었어요. 내가 제공자를 알고 싶은 것은 생명이 탄생하는 현장에 분명히 '사람'이 있었다는 것을 실감하고 싶기 때문입니다."

이 느낌은 실제로 '사람'으로서의 도너와 만나 이야기하는 것으로밖에 채울 수 없는 것입니다.

아이가 자신의 태생을 알 권리

도너를 아는 것은 자신들의 기본적 인권이라고, 성인이 된 DI 아동들이 목소리를 높이기 시작했습니다. 이에 부응하여 도너에 대한 정보 공개를 인정하는 나라도 있습니다.

세계에서 가장 먼저 스웨덴이 DI로 태어난 아이의 태생을 알 권리를 인정했습니다.(〈인공수정법〉 1984년 성립, 85년 시행) 그 외에도 노르웨이, 네덜란드, 영국, 핀란드, 뉴질랜드 등에서 2000년대에 들어 도너 정자와 난자로 태어난 사람의, 도너를 알 권리를 인정한 법률이 성립·시행되고 있습니다.

스웨덴에서는 인공수정법에 의해 정자 도너의 익명을 폐지했습니다. 이 법률에서 도너는 자신의 정자로 아이가 태어났는지 여부를 미리 알 수는 없습니다. 그러나 태어난 아이는 18세가 되면 도너의 이름과 주소를 알 수 있습니다. 이 법률 시행으로 스웨덴 국내의 정자 제공자는 격감하여 DI를 원하는 커플의 대기기간이 길어졌다고 합니다.

익명의 정자 도너를 찾는 스웨덴 사람들은 익명을 인정하는 옆나라 덴마크로 도항하게 되었다고 합니다. 이른바 생식 투어리즘이지요. 덴마크에서는 익명의 정자를 선택할지 비익명의 정자를 선택할지를, DI를 이용하는 커플이 선택할 수 있는 시스템으로 운영하고 있습니다.

이처럼 생식기술로 태어난 사람이 자신의 태생을 알 권리가 인정되게 된 배경에는, 성인이 된 DI 아동들이 목소리를 내기 시작한 것을 들 수 있고, 그 근거로서 '아동권리조약' 제7조 1의 '아동은(……) 가능한 한 그 부모를 알고, 또한 그 부모에 의해 양육될 권리를 가진다'는 내용과, '유럽인권조약' 제8조의 '사생활과 가정생활의 존중에 대한 권리'를 들 수 있습니다.

도너의 신원 공개 움직임이 고조되고 있는 가운데 도너가 되는 남성의 배경도 크게 변화할지 모릅니다. 스웨덴에서는 이전에는 돈을 필요로 하는 젊은 대학생과 병사 등이 많았지만, 도너 정보 공개를 인정한 '인공수정법' 시행 후에는 연령층이 높아져, 이미 가정이 있고 아이가 있는 남성이 도너가 되는 사례가 늘었다고 합니다.

아이에게 사실을 말하지 않는 부모

하지만 DI로 아이를 갖는 부모가 그 사실을 아이에게 알리지 않으면 아이는 알 권리를 행사할 수 없습니다. 실제로는 아이에게 DI 사실을 이야기하지 않는 부모가 많은 것을 알 수 있습니다.

사회학자들은 DI로 태어난 아이에게는 그 사실을 일찍 알려야 한다고 말합니다. 그러나 DI를 이용한 커플은 어느 나라에서나 대부분이 아이 본인에게 알리지 않는 것이 현실입니다.

일본에서도 게이오대학에서 DI를 받은 커플 중 가능하면 아이에게 알리고 싶다고 대답한 남편은 겨우 1%에 불과하다는 설문 결과가 나와 있습니다.(《생식의료와 가족의 형태-선진국 스웨덴의 실천》 이시하라 사토루, 헤이본사신서, 2010, 84쪽)

스웨덴에서는 2003년에 DI로 태어난 사람이 도너 정보(성명, 주소)를 청구할 수 있는 연령(18세)에 도달했지만, 2010년까지 자신의 정보를 요구하는 사람은 없었다고 합니다. 아이 자신이 도너 정보를 알 필요가 없다고 생각하는 것인지, 아니면 부모가 DI로 태어난 사실을 알리지 않은 것인지가 논란이 되었지만, 부모가 아이에게 말하지 않았을 가능성이 높다고 생각됩니다.

일본에서도 DI로 태어난 사람들이 자신의 심정을 이야기하기 시작했습니다. 그들이 그 '사실'을 알게 되는 계기는 가족에게 무언가 불행한 사건이 있었을 때라고 합니다.

예를 들어, 아버지에게 유전성 질환이 발병하여 나에게도 병이 유전될지 모른다고 걱정할 때, 어머니로부터 너는 아버지와 피가 섞이지 않았으니 괜찮다고 듣게 되거나, 부모가 이혼할 때 그 사실을 듣게 된다고 합니다. 그렇지 않아도 자신을 둘러싼 상황이 혼란스러운데,

DI로 태어났다는 사실을 들으면 이중으로 충격을 받게 됩니다.

아이에게 있는 그대로의 사실을 전하려고 하는 부부(커플, 싱글맘)는 아이의 생일이나 즐거운 가족 여행 때와 같이, 가족이 행복을 느끼는 시간에 텔링을 한다고 합니다. DI는 비밀로 해야 하는 일도, 부끄러운 일도 아니며, 우리는 마음속 깊이 아이를 원했고, 태어나기 전부터 너를 사랑하고 있었다고 솔직하게 전하는 것입니다.

일본에서도 DI를 받은 부모들로 구성된 자조(自助)그룹이 있어, 아이에게 어떻게 전하면 좋을지 망설이는 부모에게 이미 텔링을 마친 부모가 자신의 체험을 공유하여 이 사실을 전하려고 하는 결의를 응원하고 있습니다.

새로운 대가족의 탄생

도너의 신원 공개를 요구하며 소송을 일으킨 142명의 '스타벅의 아이들'은 주말 동안 해변에 모여 축구와 바비큐를 즐겼습니다. 모두가 데이비드의 정자로 태어난 배다른 형제들입니다.

DI 아동들은 생물학적 아버지를 알 수는 없어도 형제를 아는 것만으로도 정체성의 결핍을 어느 정도는 메울 수 있다고 말합니다. 형제끼리 유전적인 관계를 확인하는 것입니다.

그날 밤 캠프파이어에서 커다란 모닥불을 둘러싸고 한 명이 말합니다.

"나는 길러준 부모와 가족을 사랑해. 모두 다 그럴 거고. 이 점에 있어선 아무런 의심도 없어. 하지만 이런 가족을 가질 수 없는 사람이 있는 건 불공평해."

불공평하다는 것은 부모로부터 DI의 사실을 듣지 못하고 자신이 DI 아동인 것을 모르고 있는 아이들이 많다는 것에 대한 불만입니다. 누구에 대한 불만일까요? 텔링을 하지 않는 부모일까요? 또는 도너의 비밀유지에 집착하여 부모에게 비밀을 권하는 의사들에 대한 불만일까요?

자 그런데, 데이비드는 그 후 어떻게 되었을까요?

그는 변호사에게 두툼한 봉투를 건네받습니다.

"이게 뭐야?"

"원고단 142명 전원의 프로필이야. 그야말로 네 아이들이지."

"내 애들이 아냐."

귀가하자마자 주방 쓰레기통에 봉투를 던져 버린 데이비드였지만, 봉투 속 존재가 신경쓰여 견딜 수 없습니다. 결국 봉투를 열고 말죠. 눈을 감고 마치 제비뽑기라도 하듯이 한 장을 꺼냅니다.

"유혹에 졌다."

천천히 눈을 뜨고 프로필을 본 순간, 그는 놀라움에 얼어붙습니다. 그 청년의 이름은 리카르도 도나텔리. 누구나 아는 엄청 유명한 축구선수였습니다.

친구와 함께 시합을 보러 간 데이비드는 리카르도를 뜨겁게 응원합니다. 그리고 그가 멋지게 골을 넣자 뛸 듯이 기뻐합니다.

"내 DNA가 프로 축구선수에게 가 있어!"

"분신이 결승 골을 넣은 기분이야."

이 일을 계기로 그는 봉투 안 원고(아이들)의 프로필을 한 장씩 꺼내 보게 됩니다. 아이들은 제각기 필사적으로 살고 있었습니다. 데이비드는 그 모습에 감동하여 그들의 행복과 성공을 도와주게 됩니다.

어느 날은 바텐더 아르바이트를 하는 배우 지망생 청년 대신 가게를 봐주고 그를 오디션에 보내거나, 약물중독 여성의 갱생을 돕기도 하고, 지하철 통로에서 거리 공연을 하는 청년의 노래를 매일 밤 들으러 가 주기도 합니다.

그리고 마침내 일생일대의 큰 결심을 하게 됩니다. 자택 컴퓨터 앞에 앉아 매스컴 앞으로 메일을 보냅니다. '내가 스타벅입니다'라고. 메일을 본 매스컴은 일제히 임시 뉴스를 내보냅니다.

그 후 소송에만 매달려 완전히 연락이 끊겨버린 임신 중인 연인 발레리를 찾아가는데 그녀가 나오지 않습니다. 어떻게 된 일인지 걱정하며 현관 앞을 서성거리고 있자, 구급차가 도착합니다. 조산이 된 것 같습니다.

실려 간 병원에서, 태어난 자신의 아이를 안으면서 그는 잠들어 있는 발레리 옆을 지킵니다.

"데이비드 우즈낙 씨, 손님 오셨어요."

그 소리에 데이비드는 깜짝 놀라 잠을 깹니다. 어느샌가 발레리 옆에서 잠들었던 것입니다.

병원 로비로 향한 그는 갑자기 박수세례와 함께 환영받습니다. 놀라 멈춰 선 그의 눈에 들어온 것은 많은 젊은이들 ─스타벅의 아이들─ 이 현관에 북적거리고 있는 광경이었습니다. 환호성이 울립니다. 그 선두에 있는 것은 아버지와 두 명의 형들이었습니다.

아버지가 묻습니다.

"아기는 건강하니?"

데이비드는 고개를 끄덕입니다.

"그럼 내일부터 일할 수 있지?"

부자는 서로를 포옹합니다. 형들도 두 명의 포옹에 가세합니다. 그러자 그 자리에 있던 수십 명의 아이들도 그곳으로 모여듭니다. 데이비드와 아버지, 형과 수십 명의 아이들이 둘러싼 커다란 포옹의 원이 생겨났습니다. 그것을 안 아버지와 형은 주위를 둘러보며 말합니다.

"좀 어색하네."

그 자리에 쓴 웃음이 일었습니다.

"실례."

데이비드는 원을 해체하고, 아이들을 향해 말합니다.

"나는 데이비드 우즈냐. 너희의 생물학적 아버지다—남동생이 태어났어. 조산이었지만 건강해."

"만날 수 있어요?" 라고 묻는 아이들.

"이 많은 인원이?"

그 자리에 웃음이 번졌습니다.

생식의료로 초래된, 새로운 '대가족'의 탄생입니다.

칼럼2

사후생식

머리글에서 서술한 사후생식에 대해 각국은 어떻게 대응하고 있을까요?

예를 들어 영국에서는 남편이 생전에 사후생식에 대해 동의했다면 죽은 남편을 아이의 아버지로 등록할 수 있지만, 상속권은 인정되지 않습니다. 네덜란드, 캐나다, 스페인 등은 남편의 사후 12개월 이내에 한해, 생전에 동의한 조건으로 사후생식을 인정하고 있습니다. 한편 덴마크, 독일, 스위스, 프랑스, 이탈리아 등에서는 금지되어 있습니다.

일본에서는 법규제가 없지만, 일본산과부인과학회는 생식보조의료(ART)의 실시는 혼인관계에 있는 남녀 간(부부 간)으로 한정하고 있습니다. 그 때문에 남편이나 아내 중 한쪽이 사망한 경우에는 혼인관계가 해소되고, 생식보조의료를 받을 수 없게 됩니다. 2007년, 사망한 사람의 냉동정자는 폐기한다는 견해(일종의 가이드라인)가 나왔습니다.

설령 의사들이 사후생식의 시행 그 자체를 인정했다 하더라도, 아이와의 부자관계가 인정되지 않거나, 부친의 상속권을 인정받지 못하는 상태, 그리고 태어난 아이의 신분과 권리가 제한된 상태로는 '아이의 복지'라는 관점에서 문제가 남습니다.

또 출생 때부터 유전상의 아버지가 존재하지 않는다는 것을 문제시하는 관점도 있지만, 제2장에서 본 바와 같이, 결혼 없이(남편 없이) 아이를 가지는 싱글맘은 증가하고 있습니다. 그런 아이는 불행해진다거나 태어나지 않는 편이 좋다고 단언할 수 있을까요?

더욱이 사후생식에서 논의되어야 하는 것은 자신의 사후에 정자를 사용해 아이를 만드는 것에 대한 남편의 동의와 그 정자로 죽은 사람의 아이를 낳게 되는 아내의 의사 확인의 문제입니다.(당사자들의 사전동의)

사후생식에 관해 남편의 생전에 동의를 얻기 위해서는 눈앞에 죽음이 임박한 상황하에서 의사를 확인해야 하지만, 예견하지 못하고 갑작스럽게 사망한 경우에는 의사 확인을 할 수 없게 됩니다.

한편, 사망한 남편의 정자로 아이를 낳는 것에 대해 아내의 의사를 확인하는 일 역시 매우 곤란합니다. 가문의 존속을 위해 아내에게 죽은 남편의 아이를 낳도록 무언가 압력을 가해 아이를 낳기 위한 수단으로 이용되거나, 또는 집 안에서의 자신의 지위와 존재의의를 확보하기 위해 아내가 죽은 남편의 아이를 낳고 싶어하는 경우가 있을지도 모릅니다.

냉동 배아(부부의 수정란)를 이용한 사후생식은 어떨까요?

생식의료가 발전한 이스라엘에서는 남편이 사망한 경우, 사후 1년 이내라면 부부의 냉동 배아를 아내의 자궁에 이식할 수 있습니다.(사회복지사의 허가가 필요)

한편, 아내가 사망한 경우에는 생전에 본인 동의가 있었다면 다른 여성에게 배아 이식을 하여 대리 출산할 수 있게 되어 있습니다.

인도의 어느 대리모 출산 알선회사는 일본인 대상의 웹사이트를 만들어 냉동 배아(수정란)를 냉동편으로 인도로 보내면, 인도인 대리모에게 임신하게 하여 건강한 아기를 보내줄 수 있다고 광고하고 있습니다.

아들 부부를 잃은 부모가 그들의 냉동 배아를 인도로 보내, 손자를 대리 출산한다…는 식의 이야기도 현실이 될 것 같은 생각이 듭니다.

4장

유전자를 선택할 수 있는 시대는 행복할까?

유전자 해석기술과 착상 전 진단

태어난 순간에 수명을 알 수 있다면

그리 멀지 않은 미래. 아이는 자연적으로 임신이 되는 것이 아니라, 수정란의 유전자를 조사하여 선택하는 것이 보편화되어 있습니다.

영화 〈가타카GATTACA〉(1998)의 주인공 빈센트는 굳이 선택이라는 것을 하지 않고, 자연임신으로 아이를 낳기 원했던 부모의 결정에 대해 이렇게 되돌아봅니다.

"부모님의 사랑의 결정체로 태어나는 아이는 행복하다고 하지만,

그런 건 옛날 얘기다. 왜 엄마는 나를 낳을 때 유전학자를 의지하지 않고, 신에게 모든 것을 맡긴 걸까? 옛날에는 아이가 무사히 태어나기만 하면 된다고 했지만, 지금은 그렇지 않다. 태어나서 불과 몇 초 후에 예상수명과 사망원인이 밝혀지는 시대다."

20××년, 의료시설의 한 분만실에서 남편의 입회하에, 빈센트의 어머니가 되는 여성이 막 출산하려는 참입니다. 몇 번이고 찾아오는 진통의 파도를 견디면서 그녀는 힘을 다해 염원하던 남자아이를 낳았습니다. 건강한 울음소리와 함께 태어난 아기를 들어 올리자마자 의료진은 발에서 채혈을 하여 채취한 혈액을 분석기에 넣습니다. 그러자 곧바로 결과가 산출되었습니다. 프린트된 데이터를 의료진이 읽습니다.

"신경성 질환 발병률 60%, 조울증 발병률 42%. 주의력 결핍 가능성 89%. (조금 망설인 뒤)…심장질환 발병률 99%. …오래 살지는 못할 것 같군요. 추정 수명은 30.2세입니다."

분만실에 입회한 남편은 그 말을 듣고 말문이 막혀버립니다.

"겨우 30세라니…."

여성은 마침내 자신의 아이를 만난 기쁨 때문인지, 사랑스럽게 그를 꼭 끌어안고 말합니다.

"넌 큰일을 할 거야. 반드시."(이 말은 적중합니다)

부모가 자연의 순리에 의탁해 태어난 빈센트는 선천적으로 심장

영화 〈가타카 GATTACA〉, COLUMBIA PICTURES INDUSTRIES, INC.1997

에 폭탄을 안고 있어, 금세 코피를 흘리거나 열이 나는 등, 일년내내 병을 달고 사는 허약체질이었습니다. 부모가 학교에 보내려고 해도 만일의 경우, 학교에서는 책임을 지기 어렵다고 하며 입학을 거절합니다.

손이 많이 가는 빈센트에게 질려버린 것인지, 부모는 둘째 아이를 다른 부모와 마찬가지로 '보통'의 방법을 통해 만들기로 결심했습니다. 착상 전 진단을 행하여 수정란을 조사하는 것입니다.

착상 전 진단이란

착상 전 진단이란, 수정란의 단계에서 아이의 병과 성별, 백혈구의 모양 등을 진단할 수 있는 기술입니다. 진단에 근거하여 자궁에 이식하는 배아(수정란)를 선택하면 중증 유전성 질환을 가진 아이의 출생을 피하거나, 남녀 선별 출산의 희망을 이루거나, 이식에 필요한 장자(長子) 도너가 될 수 있는 아이를 탄생시킬 수 있습니다. 수정란 진단이라고 불리고, 영어로는 Pre-implantation Genetic Diagnosis, 국제적으로는 PGD라는 통칭이 사용되고 있습니다.(2012년 '신형' 착상 전 진단으로 보도된 PGS '착상 전 유전자 스크리닝pre-implantation genetic screening'도 있지만, 이것은 나중에 언급)

착상 전 진단은 체외수정 기술과 유전자 해석기술이 결합된 것입

[도표 3] 착상 전 진단의 과정

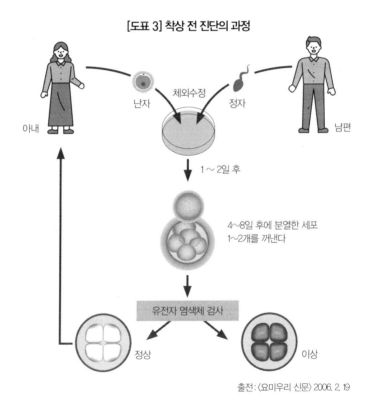

아내

난자 체외수정 정자

남편

1~2일 후

4~8일 후에 분열한 세포
1~2개를 꺼낸다

유전자 염색체 검사

정상 이상

출전: 〈요미우리 신문〉 2006. 2. 19

니다. 구체적으로는 체외수정으로 만들어진 수정란을 자궁에 이식하기 전(착상 전) 세포분열(4분열 또는 8분열) 단계에서 수정란의 일부 세포를 추출하여, 유전자와 염색체 변이를 검사하는 기술입니다. 유전성 질환의 인자와 염색체 변이 등이 발견된 경우 그 배아를 자궁에 이식하지 않고 폐기하고, 건강한 배아만을 자궁에 이식하여 질병이 있는 아이의 출생을 피하는 것입니다.([도표3] 착상 전 진단의 과정)

1990년에 처음으로 착상 전 진단이 보고되고, 1992년 처음으로 아이가 태어납니다. 1990년대에는 듀켄씨근이영양증을 비롯한 많은 유전성 질환의 착상 전 진단이 행해졌습니다. 1998년에 염색체 균형 전좌를 가진 습관성 유산에 대한 예방을 목적으로 한 착상 전 진단이 보고되자, 그때까지 유전성 질환을 가진 아이의 출생을 피하기 위해 실시되어 온 이 기술의 영역이 크게 넓혀지게 됩니다.

유전성 질환과 염색체 변이를 가진 배아를 폐기해 버리는 이 기술은 문자 그대로 생명의 선별로 이어지는 것이어서 스위스, 오스트리아, 아일랜드 등에서는 법률로 금지되고 있습니다. 또 영국, 프랑스, 스페인, 스웨덴에서는 대상이 되는 질환을 중증 유전성 질환으로 한정하는 법규제하에 실시하고 있습니다.

디자이너 베이비와 남녀 선별 출산

이 기술은 디자이너 베이비(맞춤아기)와 남녀 선별 출산에도 이용되고 있습니다.

예를 들어 수정란을 조사하여, 병 때문에 이식을 필요로 하는 아이와 HLA형(백혈구 표면항원형. 한국에서는 조직적합성항원형)이 일치하는 배아 즉, 수정란을 자궁에 다시 넣어 탄생시키면 병이 있는 아이를 구할 수 있는 '도너 베이비'-도너가 되는 아기를 낳을 수 있습니다. 다시 말해, 형과 누나·언니와 오빠를 돕는 '구세주 형제'(남매)를 탄생시킬 수 있습니다. 이 같은 사례는 윤리위원회의 심의를 거쳐 이미 몇몇 나라에서 실시되고 있습니다.(영화 〈내 안의 너〉에서도 다루어지고 있음/한국어 제목 〈마이 시스터즈 키퍼〉)

또 착상 전 진단에 대한 법규제가 존재하지 않는 미국과 규제가 느슨한 타이 등지에서는 여자아이를 낳고 싶다라든가 이번에는 남자아이였으면 좋겠다는 식의, 부모의 자녀 성별 선택 요구를 만족시키기 위해 이 기술을 이용하고 있습니다. 가문을 잇기 위해서이거나 또는 한쪽 성의 아이가 계속해서 태어났을 때 가족의 균형을 고려한다는 등의 이유로, 남녀 선별 출산은 유사 이래로 계속되는 인류 불변의 요구일지도 모릅니다.

일본에서는 착상 전 진단을 이용한 남녀 선별 출산은 인정되지 않지만, 요즘은 타이로 건너가 이 기술로 남녀 선별 출산을 행하는 일본인 부부가 증가하고 있다고 보도되고 있습니다.

2012년 7월 16일 〈요미우리신문〉 기사에 의하면, 일본에서는 원칙적으로 인정되지 않는 남녀 선별 출산을 타이로 도항하여 실시한 부부가 당시에 적어도 90쌍 있었다고 합니다. 체외수정을 행하여 수정란의 성염색체를 조사하면 남녀성별은 거의 확실하게 선별하여 낳을 수 있습니다. 일본인이 자주 이용하는 타이 방콕의 의료기관 두 곳을 취재한 결과, 성별을 선별하여 출산하는 일본인 부부는 2009년 50쌍, 2010년 61쌍, 2011년 103쌍으로 매년 증가하고 있다고 합니다. 방콕의 중개업자는 2012년 말에는 200쌍이 넘었다고 말합니다.

2010년에 타이에서 행해진 착상 전 진단 208건 중 80%가 남녀 선별이 행해졌고, 그 대부분은 일본인처럼 외국에서 온 희망자들이라고 합니다. 인터넷으로 중개업자가 희망자를 모집하는 웹사이트를 볼 수도 있습니다. 성별 선별 출산에 드는 비용은 타이에 도항하는 비용을 포함하여 150만 엔 정도입니다.

하지만 남녀 선별 출산은 의료가 아닌 부모의 이기심이라는 비판이 강하고, 윤리면에서 논란을 불러일으킵니다.

일본에는 이 기술을 직접 규제하는 법률은 없고, 학회가 정한 가이드라인인 견해(회고)가 사실상의 규제 근거가 되고 있습니다. 학회의 〈착상 전 진단에 관한 견해〉에서 대상이 되는 질환은 중증 유전성 질환 및 균형형 염색체 구조 이상에 기인한 습관성 유산으로 한정되어 있습니다.

아이에게는 최고의 출발을

유전자 해석기술이 나날이 발전하는 가운데 진단의 정확도를 높이고, 진단의 대상이 되는 질환의 범위(기술적으로 진단 가능한 범위)도 확대되리라는 것은 쉽게 예상할 수 있습니다.

영화 〈가타카〉와 같은 근미래에는 수정란의 유전자 진단으로 선천적 질환뿐 아니라, 사회적으로 불리하다고 생각되는 요소를 전혀 갖지 않는 아이(〈가타카〉에서 말하는 적정자)를 선택하는 일도 가능해질 것입니다.

예를 들어, 다음과 같은 선택입니다. 조금 전 언급한 〈가타카〉의 이야기로 돌아가 봅시다.

병약한 '우연의 아이' 빈센트에게 애를 먹은 부모는 둘째 아이를 '보통'의 방법 즉, 착상 전 진단을 이용하여 낳기로 합니다. 부부의 체외수정란 중에서 먼저 의료진이 유전성 질환 요소가 전혀 없는 수정란을 선별해 둡니다. 선별된 수정란을 스크린에 비추면서 의료진이 부부의 희망사항을 묻습니다.

"이제 부모님이 후보를 고르는 일만 남았습니다. 우선은 남녀의 성별부터 결정하겠습니다."

"남자아이."

의료진은 여러 개의 배아 중에서 남자의 배아를 선택한 후 부모에게 웃는 얼굴로 말합니다.

"희망하는 용모는 옅은 갈색 눈에 검은 머리, 그리고 흰 피부지요? 안 좋은 인자는 미리 제거해 두었어요. 젊은 대머리, 근시, 알코올 의존증, 그 외 의존증 가능성, 폭력성과 비만 같은 것 말입니다."

그 말을 듣고 부모는 당황합니다.

"뭘 그렇게까지…그야 물론 건강한 게 좋긴 하지만."

어머니가 의료진에게 말합니다.

"아이의 장래는 어느 정도 자연에 맡기는 게 좋다고 생각해요."

그러자 의료진은 부모를 향해 가르치듯 말합니다.

"아이에게 최고의 출발을 시키세요. 원래 인간은 불완전한 존재입니다. 아이에게 불필요한 부담은 지우지 마세요. 태어나는 아이는 당신들의 분신입니다. 게다가 최고의 분신이죠. 자연에 맡기면 1,000명에 한 명 나올까 말까 하는 걸작이지요."

이렇게 하여 남동생 안톤이 태어났습니다.

'뭘 그렇게까지…'라며 부모가 보인 그 당혹감의 의미는 무엇이었을까요? 처음부터 자연에 맡기는 게 좋다고 생각하던 그들은 둘째 아이를 가질 때 왜 착상 전 진단을 받았을까요? 우연의 아이라고 별종시되어 사회에서 차별을 받는 빈센트를 보고, 다음 아이에게는 쓸데없는 부담을 짊어지게 하고 싶지 않았기 때문일까요?

어쨌든 이때의 그들에게 '자연'과 '인위적 선택'의 타협점은 병과 장애를 갖지 않은 건강한 아이를 낳는다는 것 한 가지였습니다. 부모는 그 이상을 바라지 않았던 것입니다.

하지만 의료진에게서 젊은 대머리, 근시, 비만 등 바람직하지는 않지만, 그렇다고 병이라고는 할 수 없는 요인에 대해서도 적극적으로 제거하는 것이 아이에 대한 부모의 애정이라는 충고를 듣습니다. 근미래에는 아이는 부모의 최고의 분신이 되는 것이 바람직한 것입니다.

이 영화는 2010년, 미항공우주국 NASA에 의해 현실적 SF영화 제1위에 선정되었습니다.(《헐리우드 채널》 2011.1.6.) 실제로 착상 전 진단에 대한 긍정적 견해 중에는 의뢰인은 자신이 가질 수 있는 아이 중 최고의 인생 혹은 적어도 다른 이들과 같은 수준의 좋은 인생을 가진 아이를 선택해야 한다는 의견도 있습니다. 〈가타카〉와 같은 수정란의 선택도 근미래에 현실이 될 것 같은 기분이 듭니다.

건강한 아이가 태어나기를 바라는 소망 그 자체는 자연스러운 부모 마음일지도 모릅니다. 그러면 건강한 아이, 병이 없는 아이를 낳기 위해 건강한 수정란을 선택하여 낳는 것도 자연스러운 일일까요?

더욱이 아이를 고생시키고 싶지 않다는 마음에서 사회적으로 좋지 않다고 생각되는 요인을 수정란에서 제거하거나, 아이에게 최고의 출발을 시키고 싶다는 마음에서 사회적으로 유리한 형질을 완벽하게 갖춘 아이를 낳는 것 또한 죄없는 부모 마음일까요?

〈가타카〉가 그리는 근미래는 이 같은 자연스러운 부모 마음의 결과일지도 모릅니다.

생명의 선별 – 생명 조작은 용납되는가

현시점에서도 이미 수정란의 유전자 진단을 통해 태어나는 아이의 형질을 자연에 맡기고 받아들이는 것이 아니라, 선천적 질환이 없는 아이를 선택하는 것이 가능해지고 있습니다. 또한 진단 가능한 질환의 범위도 넓어지고 있습니다. 이 같은 생명의 선별, 즉 체외수정란을 인위적으로 선별하여 이식하거나 폐기하는 생명 조작은 어디까지 인정될까요?

이 기술이 등장한 1990년대 이후, 다양한 윤리문제가 논의되어 왔습니다. 즉, 질병과 장애를 가진 배아를 골라내 폐기해 버리는 이 기술은 직접적인 생명의 선별 행위로 이어지고, 장애가 있으면 아이와 그 가정은 불행하다는 단정과 정의감, 살만한 가치가 없는 수정란은 폐기해도 된다는 우생사상을 긍정하고 조장하는 것이다, 유전적으로 건강한 아이를 낳기 위해 불임도 아닌 여성의 신체에 체외수정(그를 위한 배란유도제와 채란 등)이라는 침습을 가하게 된다, 자연스럽게 잉태된 생명(수정란)을 인위적으로 조작해서는 안 된다 등의 비판이 장애인과 여성들로부터 나오고 있습니다.

착상 전 진단을 의뢰하는 부부 중에는 정상 배아를 얻을 수 없어 배아 이식이 불가능한 경우가 있다는 것을 모르는 부부도 있습니다. 진단 전 사전동의 방식에도 의문이 제기됩니다.

특히 유럽과 미국에서는 수정란의 도덕적 지위를 둘러싼 논의가 있고, 가톨릭교회처럼 수정란도 우리와 같이 존엄과 생존권을 가진 사람이라고 보는 입장에서는 체외수정으로 배아를 만들거나 폐기 또는 선별하는 것을 용인하지 않기 때문에 수정란 진단에도 반대의 목소리가 나오고 있습니다.

반면, 미국의 프로초이스(임신중절에 관해 태아의 생명보다 여성의 선택을 우선하는 입장) 중에는 착상 전 진단은 중절을 희망하는 커플에게 새로운 선택지를 부여하는 기술이라고 긍정하는 사람들도 있습니다.

즉, 자궁에 삽입하기 전 단계의 아직 인간이 되지 않은 초기 배아 상태에서 선택할 수 있다면, 중절로 인해 여성이 짊어지게 되는 신체적·정신적 고통이 경감되고, 장애 태아의 중절도 배아 단계에서의 선별이라면 생명윤리의 관점에서도 용인되기 쉬울 것이라고 주장합니다.

출생 전 진단과의 차이

똑같이 태어나기 전에 행하는 진단이라도 윤리문제는 태아를 조사하는 진단(출생 전 진단)과는 다른 양상을 보이고 있습니다.

출생 전 진단에서는 태아의 병을 조기에 발견하여 태아기에 치료를 행하거나(태내 치료), 필요에 따라 고도의 의료기관에서 분만할 수 있도록 의료 연계를 하거나, 태아에 대해 치료를 요하는 한 사람의 환자로 간주하여 대처한다는 목적도 있습니다. 물론 이 진단에는 부부가 낳을지 말지를 선택하기 위한 정보제공의 의미도 있습니다.

하지만 착상 전 진단에서는 처음부터 수정란(배아)의 선별이 목적이 되고, 아이에 대한 치료라는 의미는 포함되어 있지 않습니다. 더욱이 착상 전 진단에서는 정상 배아만을 자궁에 다시 넣고, 이상 배아는 자궁에 넣지 않고 폐기해 버리므로, 이 아이를 낳을까 말까 하는 선택의 여지도 없습니다.

즉, 출생 전 진단에서는 병과 장애가 있다는 진단을 받아도 임신을 지속하여 출산한다는 선택지가 남아있지만, 착상 전 진단에서는 이상 배아는 바로 폐기되므로 선별 자체가 기술적 수순 속에 이미 들어가 있습니다.

예를 들어, 출생 전 진단에서는 다운증후군이 발견되었을 경우라도 낳는다는 선택지가 있지만, 착상 전 진단에서는 그 선택지가 없습니다. 이에 대해 자신들의 병이 사회에서 말살된 것과 같다는 지적이 환자 단체에서 나오고 있습니다.

또 낳을지 말지라는 고민을 무시하고, 다수의 수정란 중에서 자궁에 이식하는 배아를 선택하는 행위는 배아를 물건처럼 취급하고 선택하는 감각을 조장한다는 비판도 있습니다. 영화 〈가타카〉에서는 의료진이 조금의 망설임도 없이 수정란을 선택했습니다.

이 같은 진단이 일반화되면 자연적으로 아이를 임신하거나, 빈센트처럼 병이 있는 아이를 낳는 선택을 한 부모들이 세상으로부터 왜 진단을 받지 않았느냐, 왜 낳았느냐라는 비난의 시선을 받게 되어 위축될 가능성도 있습니다.

신형 착상 전 진단의 파문

2012년, 고베의 한 산부인과 의원에서 불임 환자를 대상으로 신형 착상 전 진단이 행해져, 이미 16명이 출산한 사실이 보도되면서 커다란 논란을 불러일으켰습니다.(《요미우리신문》 2012. 7. 11)

이 진단을 행한 사람은 과거에 남녀 선별 출산을 목적으로 하는 착상 전 진단을 학회에 신청하지 않고 독단적으로 행하여 학회에서 제명 처분을 당한 오타니 데쓰오(大谷徹郎) 의사입니다. 규율을 파괴한 의사에 의한 두 번째 폭거에 각계로부터 비난의 목소리가 일었습니다.

종래의 착상 전 진단에서는 염색체 23쌍(46개) 중 일부만 조사할 수 있었지만, 신형 착상 전 진단에서의 '비교 게놈 하이브리다이제이션(CGH)법'에서는 모든 염색체를 조사할 수 있고, 기존보다 높은 정확도로 거의 확실하게 이상을 발견할 수 있습니다.

좀 더 부연하면, 이 산부인과 의원에서 행해진 것은 엄밀히 말해 착상 전 유전자 진단(PGD)이 아니라, 착상 전 염색체 스크리닝(PGS)

입니다. 전자가 유전성 질환의 가계(家系)를 가진 사람과 염색체 이상(전좌)에 의한 습관성 유산 가능성이 있는 사람을 대상으로 특정 유전자(염색체)로 범위를 좁혀 검사하는데 반해, 후자는 원인 불명의 습관성 유산과 태아의 염색체 이상 확률이 높아지는 고연령의 여성을 대상으로 모든 염색체 수의 이상을 조사하는 검사입니다.

원인 모를 유산을 반복하거나, 체외수정으로 좀처럼 임신이 되지 않는 고연령의 여성에게는 태아와 수정란의 염색체 이상이 원인이 되는 사례도 있어, 이 경우 정상 염색체를 갖는 배아를 선별해 이식함으로써 임신 확률을 높인다고 합니다.

오타니 의사는 2011년 2월부터 2012년 5월까지 97쌍의 부부에게 신형 착상 전 진단을 1회씩 실시했습니다. 여성의 연령은 28~45세로 모두 수정란의 염색체 이상으로 착상이 안 되거나, 유산을 반복한 경험이 있고, 그중에는 6번이나 유산한 여성도 있었다고 합니다.

수정란을 자궁에 이식한 사람의 임신율은 74%로, 일반적으로 체외수정을 통한 임신율과 비교하면 3배 가까이 높았다고 합니다.

오타니는 "염색체 이상이 있는 수정란은 착상하기 어렵고, 착상해도 유산으로 끝나는 것이 현실이다. 염색체 이상이 늘어나는 고연령자에게는 획기적인 기술이다. 생명의 선별이라는 비판도 있지만, 생명을 제거하는 기술이 아니라 만들기 위한 기술이다."라고 말합니다.

착상 전 진단에 대해서는 일본 국내에서는 법규제가 없고, 학회가 '회고'를 통해 중증 유전성 질환자 등으로 제한하고 있어 일반 불임 환자에게는 인정되지 않습니다. 또 이 진단을 행할 때에는 개별 신청이 필요합니다. 그러나 오타니는 신청서에 기입하는 환자의 병력 등 프라이버시가 지켜진다는 보장이 없다며 신청하지 않았습니다.

그는 이 신형 착상 전 진단은 임신 확률을 높이고 유산 확률을 낮추는 효과적인 방법이고, 앞으로 불임 치료의 표준이 되어야 한다고 말합니다.(《산케이신문》 2012. 9.19)

특히 여성의 체내에는 이미 설명한 것처럼 생물학적 시계(난자 노화)가 짜여 있고, 아이를 만들 수 있는 시간에 제한이 있으므로, 시간과의 싸움 속에 놓여 있는 불임 치료 이용자에게 유산은 육체적, 정신적 부담을 줄 뿐만 아니라 커다란 시간의 손실입니다.

무엇보다 그는 임신 가능 시간이 얼마 남지 않은 고연령 여성에게 신형 착상 전 진단에 의한 유산 확률의 감소는 획기적인 것이라고 말합니다. 기술적으로도 확립된 방법이므로 체외수정의 적응력이 있는 사람은 리스크를 우려할 필요가 없다고 합니다.

한편, 이 신형 착상 전 진단이 유산율 저하, 임신율 향상으로 이어진다는 주장에 찬동하기 어렵다는 사람들도 있습니다. 국제적으로는 반드시 임신 확률 향상으로 이어지지는 않는다거나 오히려 진단으로 인해 임신 확률이 저하될 가능성이 있다는 보고도 나와 있어, 그 유효성이 의문시되고 있습니다. 유산을 경험한 여성이 그 후에 자연임신하는 사례도 때때로 볼 수 있기 때문에 이 같은 진단은 과잉 의료라는 지적도 있습니다.

더욱이 신형 착상 전 진단에 대해서도 종래의 착상 전 진단과 마찬가지로 우생사상에 근거한 생명의 선별이라는 강한 비판이 있습니다. 염색체에 이상이 있는 수정란을 버리기 때문에 예를 들어, 다운증후군(21트리소미라고 불리며, 21번째 염색체가 3개 있음)으로 태어날 가능성이 있는 생명을 지워버리게 되고, 장애인의 존재에 대한 부정으로 이어진다는 논란도 있습니다.

이것은 생명의 선별일까요? 아니면 생명을 탄생시키기 위한 불임치료일까요?

발병 확률 99%

우연의 아이로 자연임신을 통해 탄생한 빈센트. 그는 유전자 지상주의 사회에서 어떻게 살아갈까요?

다시 영화 〈가타카〉의 근미래를 풀어보지요.

등신, 부적합자, 우연의 아이로 불리며 사회로부터 멸시당하는 빈센트. 키도 체력도 유전자적으로 완벽한 동생에게는 도저히 당해낼 재간이 없다는 것을 항상 통감하고 있습니다. 안경을 쓰고 생활하는 것만으로도 자신이 불완전하다는 것을 의식하지 않을 수 없습니다. 근시는 불우한 사람의 특징이기 때문입니다.

"내가 속한 곳은 〈신 하층계급〉. 계급은 피부색으로 결정되는 것이 아니다. 지금은 과학의 힘에 의해 차별받는 시대다."

그런 지구에 있기 싫다는 생각에서인지, 빈센트는 철들 무렵부터 우주비행사를 매우 동경하게 됩니다. 그 사실이 부모를 고민에 빠뜨립니다.

"아무리 노력해도 무리란다. 그런 심장으로는."

"문제없을 확률도 있어요."

"100분의 1 정도지."

우주비행사가 되는 길은 완벽한 유전자를 가진 적합자에게만 열려 있습니다. 물론 유전자에 의한 직업차별은 법률로 금지되어 있지만, 법률에는 큰 구속력이 없습니다.

빈센트가 아무리 노력하고 유전적 소질을 극복하려고 해도 유전적으로 부적격이라고 판명되는 순간 길은 차단되어 버립니다. 설령 필사적으로 숨기고 적격자인 양 행동해도 혈액검사 하나면 들통나버릴 것입니다.

이 시대의 검사용 샘플은 악수한 손과 응모용 봉투에 묻은 타액에서 너무나도 간단히 채취됩니다. 의심되는 사람은 약물검사라는 명목으로 유전자 검사를 받고 회사에 대한 적성을 판단받습니다.

"이룰 수 없는 꿈이라는 건 알아. 아무리 신체를 단련하고, 엄청 노력해서 시험에 높은 점수를 받아도 혈액검사라는 벽이 떡하니 가로막고 있어."

애가 탄 빈센트는 한 가지 방법을 사용하여 우주 스테이션으로 잠입하는 데 성공합니다. 그것은 유전자 도둑이라고 비난받을 수도 있는 방법입니다.

즉, DNA 브로커의 중개를 통해 사고로 다리에 장애를 갖게 된 비극의 엘리트 제롬과 계약을 맺고, 그의 완벽한 생체 ID(지문, 혈액, 소변 등)를 빌려 그로 변신하여 우주 스테이션에 당당히 들어갑니다. 그리고 비명을 지를 듯한 심장의 고통을 참으면서 우주국 〈가타카〉의 멤버로서 혹독한 훈련을 견디며 자신의 꿈을 용감하게 실현해 나갑니다. 이윽고 염원하던 타이탄 탐사선의 승무원으로 선발되어 출발을 일주일 남기고 있을 때, 사건이 일어납니다.

완벽한 줄 알았는데

유전자적으로 최고의 아이를 탄생시킨다는 근미래에서 최고의 출발을 한 아이들은 행복할까요? 이러한 선택은 우리, 나아가서는 인류를 행복하게 할까요?

〈가타카〉에 들어가기 위해 빈센트가 그 유전자를 산 상대, 제롬은 완벽하다고 생각되는 인류 최고의 유전자를 갖춘 인물이었습니다. 그러나 모든 이들에게 부러움을 사는 완벽한 유전자를 가진 그는 결코 행복하지 않았습니다. 올림픽 경기에서 예상치도 못한 은메달에 그쳤던 것이 그의 프라이드를 갈기갈기 찢어놓았습니다. 자신은 완벽하고 최고인 줄 알았는데…. 그는 날마다 술에 빠져 지내게 되고, 어느 날 밤, 스스로 달리는 차에 뛰어들었습니다.

그런 제롬은 유전적으로 부적격자라고 여겨지면서도 우주비행사의 꿈을 결코 포기하지 않고 매일매일을 열심히 사는 빈센트의 모습에 서서히 감화되어 갑니다. 유전자적으로 초엘리트인 그가 유전자적으로 부적격자로 간주된 빈센트에게 자신의 꿈을 투영시켜 갑니다.

빈센트의 부모가 차남인 안톤을 가질 때, 역시 '가능한 한 자연에 맡기고 싶다'고 생각하던 자연과 인위적 선택 사이의 타협점은 질병과 장애가 없는 건강한 아이를 낳는다는 데에 있었습니다. 그런 그들에게 타협하도록 강요한 것은, 자연의 손에 의탁해 자연임신한 큰아들 빈센트가 부적격자로 여겨지고, 왜 우연에 맡겨 아이를 낳았는가, 아이를 고생시킨다며 암묵적으로 부모를 비난하는 사회 방식 때문이었을지도 모릅니다.

하지만 만일 부모가 그 후 빈센트의 생애를—추정수명을 훨씬 넘기고, 유전자적으로 불가능하다고 생각되던 꿈을 꿋꿋하게 실현해 가는 모습을—보았다면 유전자 사회가 무시하던 인간의 의지력과 자신들이 아이의 운명을 의탁한 자연의 심오함—확률과 추정이 미치지 못하는 자연의 심연—을 이해할 수 있었을지도 모릅니다.

정자은행에서 태어난 천재아

현재 착상 전 진단 기술은 수정란을 조사하면 아이가 되었을 때의 속성을 모두 파악할 수 있는 단계에까지는 이르지 못했지만, 유사한 문제가 이미 정자은행에서 일어나고 있습니다. 다시 말해, 뛰어난 도너의 정자를 사용하여 뛰어난 형질을 갖춘 아이를 가지려는 시도가 이루어지고 있다는 것입니다. 어차피 타인의 정자를 사용하는 것이라면 가능한 한 좋은 정자를 사용하고 싶은 마음은 이해할 수 있습니다.

독신 여성이 싱글맘이 되기 위해 정자은행을 이용할 경우에는 눈과 이가 튼튼하고, 커뮤니케이션 능력이 높은 아이가 좋다고 생각하여 이같은 속성을 갖춘 남성을 도너로 선택하는 일도 있다고 합니다. 자신이 죽은 후 아이가 혼자 남아도 눈과 이가 튼튼하면 어떻게든 살아갈 수 있고, 다른 사람과의 커뮤니케이션 능력이 뛰어나면 고독해지지 않고 어떻게든 인생을 살아갈 수 있어서라고 합니다. 부모 마음에 의한 디자이너 베이비라고나 할까요.

착상 전 진단이 이미 있는 수정란을 선택하는 것이라면, 정자은행에서는 수정 전 정자를 선택하는 것입니다. 인간 유전정보의 반은 여성에게서 유래하므로 정자 도너의 속성이 직접적으로 아이에게 반영되는 것은 아닙니다. 하지만 부모가 되는 사람들의 기대치는 꽤 높다고 하겠습니다.

제3장에서 정자 도너를 노벨상 수상자와 IQ 180 이상의 남성에게 한정한 정자은행에 대해 언급했습니다.(〈정자도 노화한다〉 참조)

이 정자은행 출신의 아이였던 드론 브레이크 씨는 TV 방송국의 취재에서 그러한 부모의 기대를 짊어지고 살아가는 아이의 심정에 대해 이렇게 고백합니다.

"어릴 때부터 어머니와 주변 사람들이 나에게 무엇을 기대하는지 알고 있었다."고 말입니다.(〈어느 여성의 선택〉 사이엔스 미스터리 DNA IV 제2장, 2008년 2월 방송)

그는 아버지에게 물려받은 IQ 180의 천재아로 출생 때부터 매스

컴에 등장하여 세간의 주목을 받았습니다. 어머니는 그에게 영재교육을 시키고, 내 아이의 천재적인 모습에 미소지었습니다. 드론 씨는 기대에 부응하려고 하는 한편, 자신은 주위의 아이들과는 다르다는 소외감과 '정자 자식, 천재 자식'이라는 괴롭힘과 조롱에 시달리게 되었습니다.

사춘기에 접어들자 그는 점차 내향적이 되고, 인간에 대한 불신에 빠졌다고 말합니다. 천재적인 두뇌를 살려 과학자로 활약할 것을 열망한 어머니와도 갈등이 생겨 성인이 된 후에는 부모의 곁을 떠나 생활하게 되었습니다.

어른이 된 현재, 그는 어머니가 바라던 과학자가 되기를 포기하고 어릴 적 읽었던 수학과 과학책을 모두 버려 버리고, 초등학교 교사로 매일매일을 충실히 아이들과 즐겁게 살아가고 있습니다.

과학자였던 드론 씨의 어머니(싱글맘으로 그를 낳아 길렀음)는 현재, 개의 브리다(Breeder, 개를 교미하여 새끼를 출산시키는 일을 하는 사람)라고 합니다. 천재아였던 아들이 자신이 바라던 과학자가 되지 않은 것과 자신에게서 멀어져 집을 나가버림으로써 생긴 마음의 구멍을 메우기 위함일까요? 집에서는 수많은 개들에 둘러싸여 생활하고 있습니다. 특별히 귀여워하는 개는 출산을 앞두고 있습니다. 그것을 본 취재진이 그녀에게 묻습니다.

"이 개의 아빠는 어느 개죠?"

"모릅니다."

그녀는 주저없이 대답합니다.

"개의 정자은행도 있어요."

희소한 견종을 만들기 위해 비싼 종자 교배료를 지불하고 교배했다고 합니다.

희소한 천재아를 만들기 위해 정자은행을 이용하기로 선택했을 때, 그녀는 20년 후를 상상이나 할 수 있었을까요? 태어난 내 아이가 자신과 같이 감정과 의사를 가지고 엄마의 이상을 위해서가 아니라 <u>스스로의 인생을 살기 위해 독립하는 날을 상상할 수 있었을까요?</u>

5장

낳은 부모냐?
유전상의
부모냐?

체외수정과 대리모 출산

생명 조작은 신의 영역

회색 배경 속에서 투명한 난자가 떠오릅니다. 리에는 현미경 렌즈를 들여다보며 렌즈 너머로 가느다란 피펫 끝에 초점을 맞춥니다. 난자의 난막을 예리한 피펫 끝이 관통합니다. 그것을 난자의 세포질 안까지 꽂아 정자를 주입합니다.

'이 순간, 나는 신이 된다!'

잠시 그런 생각을 했지만, 그녀는 황급히 그 우쭐함을 떨쳐버립니다. 이제는 이 난자가 수정되기를 기도할 뿐입니다.

영화 〈진 왈츠〉의 주인공 소네자키 리에는 불임 치료 전문 산부인과 의사. 현미경 수정 분야에서는 발군의 실력을 발휘하고 있고, 그 뛰어난 기술과 스마트한 성격으로 인해 '냉철한 마녀'라고 불립니다. (《진 왈츠》 가이도 다케루, 신초문고, 2010)

이처럼 사람의 정자와 난자를 체외로 추출하여 조작하는 체외수정 기술의 등장으로 부모가 되기를 바라는 많은 커플들이 아이를 탄생시킬 수 있게 되었습니다.

다른 한편에서는, 이와 같은 생명 조작은 신의 영역이므로, 인간이 발을 들여놓아서는 안 된다는 비판도 여전히 가톨릭교회 등에서 나오고 있습니다. 어쨌든 이 기술로 타인의 난자를 받아 아이를 낳거나 자궁을 빌려 대리모 출산을 하는 일도 가능해졌습니다. 하지만 이와 함께 친자 관계에 대한 해석도 문제가 됩니다.

사람의 손을 통한 생명 조작으로 우리 눈앞에 어떤 문제들이 전개되고 있을까요? 이번 장에서는 불임으로 고민하는 커플에게 복음이기도 한 '체외수정'과 '대리모 출산'이라는 첨단 의료기술이 가져온 모럴 딜레마를 따라가 보겠습니다.

바이패스로서의 체외수정

2010년, 세계에서 처음으로 체외수정아를 탄생시킨 영국의 에드워드 박사가 노벨의학생리학상을 수상했습니다. 그는 산부인과 의사인 스텝토와 함께 1978년, 세계에서 처음으로 체외수정에 성공하여 세계 최초의 체외수정아인 루이즈 브라운이 탄생했습니다.

이 체외수정으로 태어난 여자아이는 '시험관 아기'라고 보도되었습니다. 열띤 보도와 달리 이 기술 자체는 비교적 '수수한'(?) 것이었습니다.

루이즈 브라운의 어머니는 난관 폐쇄에 의한 불임으로 괴로워하고 있었습니다. 난관이 막혀 난자와 정자가 만날 수 없었던 것입니다. 그래서 에드워드와 스텝토는 난관 폐쇄를 그대로 두고, 난자를 체외로 꺼내어 샬레(세균배양 등에 쓰이는 유리접시) 안에서 남편 정자와의 만남을 실현시켰습니다.

수정란을 여성의 타이밍에 맞추어 자궁 안에 이식하면 수정란이 착상됩니다. 나머지는 통상적인 임신·출산과 같은 과정을 거쳤습니다. 이것은 난관 폐쇄라는 환부를 우회하여 아이를 가지기 원하는 바람을 이루어주는 구제치료입니다.

의료진들이 걱정한 것은 자연적 생식 과정인 체내수정을 체외에서 행함으로써 태어난 아이에게 어떠한 위험이 내재하지 않을지, 또 아이가 부모의 불임을 이어받아 생식능력을 갖지 못하게 되는 것은 아닐지에 대한 것이었습니다. 하지만 루이즈는 태어난 후 다른 아이와 아무런 차이 없이 성장하고, 결혼 후 자연임신으로 출산까지 했습니다.

에드워드와 스텝토는 '난관이 막혀 있다면 그곳을 바이패스(우회)

시켜보면 어떠냐'는 환자의 말이 힌트가 되어 체외수정의 아이디어를 얻었다고 합니다.(《생식혁명과 인권-출산에 자유는 있는가?》긴조 기요코, 주코신서, 1996, 48쪽) 그야말로 '바이패스 의료'지요.

루이즈 탄생 후 체외수정 기술은 순식간에 세계로 퍼져 많은 시험관 아기가 연이어 탄생했습니다. 일본에서 체외수정으로 출산한 사례는 1980년대에 들어서이지만, 현재 전국에서 탄생하는 아이 36명에 한 명은 시험관 아기입니다.

임상 응용된 초반에는 체외수정이란, 난관 폐쇄 등의 문제로 수정을 방해받고 있는 사람의 생식보조로 인식되었습니다. 앞서 말한 에드워드와 스텝토는 이 기술을 불임으로 힘들어하는 사람들을 위한, 어디까지나 보조적인 의료라고 생각했습니다.

즉, 생식의료는 어디까지나 생식보조의료이고, 생식 과정 중 잘 진행되지 않는 부분을 보조할 뿐이며, 생명 그 자체를 탄생시킬 수 있는 것은 아닙니다. 난관이 막혀 있고, 난자가 정자와 만나지 못하거나 남편의 정자 수가 적어 자연 상태로는 도저히 난자에 도달할 수 없는 경우 샬레 안에서 정자와 난자가 만나게 하여 수정을 위한 조건을 만들어줄 뿐입니다.

정자 선택의 중압감

특히 앞서 나온 것처럼, 난자에 정자를 직접 인위적으로 넣는 기술을 '현미경 수정'이라고 합니다. 이것도 체외수정 기술의 하나지만, 통상 체외수정보다 고도의 기술이며, 체외수정으로 임신이 안 된 경우에 행해집니다.

남편의 무정자증 등으로 정자 수가 극히 적을 경우, 의료진이 선택한 하나의 정자를 피펫이라고 불리는 머리카락 10분의 1정도의 가느다란 빨대 모양의 기구를 사용하여 인위적으로 난자 속에 주입합니다. 정자를 주입받은 난자가 수정하고 분열을 시작하면 자궁으로 되돌려 넣습니다. 극단적으로 말해, 이 기술을 이용하면 정자 하나만으로도 아이를 만들 수 있습니다.

앞서 말한 체외수정에서는 샬레에 들어있는 남편의 정액 중 어느 정자가 수정될지 모르는데 비해, 현미경 수정에서는 어느 정자를 고를까가 의료진에게 위임되어 있는, 결이 다른 윤리문제가 있습니다.

정자를 선택하여 난자 안에 주입하는 작업은 의사가 행할 때도 있지만, 배아배양사(embryologist)라고 불리는 사람들이 행할 때도 있습니다. 서구에서는 이 배아배양사가 주도하지만, 일본의 체외수정은 의사 주도로 시작되었습니다.

과거에 체외수정은 의료행위로 간주되어 의사 이외의 사람이 난자를 조작하는 것은 의사법 위반으로 비난받는 일도 있었지만, 현재는 의사 이외의 사람이 생명 조작에 관여하지 말라고 말하는 사람은 거의 없습니다. 물론 가톨릭에서는 의사라도 생명 조작에 관여해서는 안 된다는 입장이지만.

세계 최초의 체외수정으로 주도권을 쥐게 된 에드워드 박사도 생식생리학 박사로 의사는 아닙니다. 그의 역할이 현재의 배아배양사라는 직업의 원형이었다고 합니다.

체외수정(현미경 수정 포함)을 시도하는 배아배양사는 70%가 임상검사 기사 출신으로, 나머지는 농학부와 수의학부, 이학부 등에서 동물의 체외수정을 공부한 사람들입니다. 최근에는 후자가 늘고 있다고 합니다. 현재 이 직업에 공인된 국가자격은 없으며, 이들 간의 기술격차는 존재한다고 합니다. 환자는 배아배양사를 선택할 수 없습니다. 어쩌면 경험이 적은 배아배양사가 담당하게 되어 난자가 수정되지 않는 일이 있을지도 모르겠습니다.

현미경 수정은 배아배양사의 기량이 요구됩니다. 본래라면 평균 4억 개의 정자가 치열한 경쟁을 거쳐 도태되고, 그중 살아남은 1개 혹은 2개의 정자가 난자에 들어갈 수 있습니다. 그러나 현미경 수정에서는 이 자연도태를 거치지 않고, 난자에 주입할 정자를 결정하는 것은 배아배양사 또는 의사입니다. 같은 부모에게서 태어난 형제의 용모와 능력, 성격 등이 다른 것처럼, 시술자가 어느 정자를 고르는가로 그 아이와 기르는 부모의 인생이 달라질 가능성이 있습니다.

물론 스윔업법(원심분리법으로 선별된 정자에 배양액을 넣어 윗물에 자력으로 떠오르는 건강한 정자를 채취하는 방법) 등 보다 좋은 정자를 선별하기 위한 방법을 이용하고 있지만, 건강한 정자가 여러 개 있을 경우 그중 어느 것을 선택할지는 의료 담당자에게 달려있습니다.

이것은 직접 난자를 취급하는 배아배양사 당사자에게도 큰 압박이 됩니다. 처음으로 사람의 난자를 만졌을 때 손이 떨렸다는 사람도 있습니다. 특히 나이가 많은 여성의 것으로, 이것이 마지막일지도 모르는 난자에 현미경 수정을 진행할 때는 손이 떨려 샬레를 엎을 뻔한 배아배양사도 있었다고 합니다. 의료진에게도 그만큼 책임감이 느껴지는 일입니다.

"중압감은 있습니다. 특히 난자가 한두 개밖에 없는 경우 임신할 기회가 한정되어 있습니다. 되도록 건강하고 양호한 정자 1개를 선택해 이것에 주입하려고 하면 저쪽이 좋아 보이는 일도 있습니다. 이런 말에 오해가 없었으면 합니다만, 망설이면 끝이 없습니다. 매일같이 책임감을 느끼면서 일하지만, 거기에 억눌리면 일을 할 수 없습니다. 정자를 선별하는 기준을 높게 설정해 대처할 수밖에 없어요."(《배아배양사-수정란을 배양하는 사람들》 스도 미카, 쇼각칸, 2010, 198쪽)

로마 가톨릭교회는 처음부터 체외수정(현미경 수정 포함)에 비판적이었고, 2010년 에드워드 박사가 노벨상을 수상했을 때도 불쾌감을 표시했습니다. 하지만 일반적으로 부부 간 체외수정(현미경 수정 포함) 그 자체가 비판의 표적이 되는 일은 별로 없습니다.

현재 논란의 중심은 체외수정란을 이용한 대리모 출산과 제3자의 정자와 난자를 이용한 체외수정, 연구를 위한 수정란의 제작 등에 향해지고 있습니다.

세 가지 터부

앞서 소개한 장면에서 현미경 수정을 시행한 리에는 세 개의 수정란을 여성의 자궁에 이식했습니다. 언뜻 보면 극히 일반적인 불임 치료의 한 장면이라 생각되지만, 무언가 부자연스럽습니다. 자세히 보니 수정란 이식을 받은 사람은 50대 여성이었습니다. 통상적으로는 임신을 생각할 수 없는 연령대입니다.

사실 이때, 그녀는 적어도 세 가지 터부를 범했습니다.

우선, 부부 이외의 배우자(정자·난자)로 체외수정을 행한 것입니다. 이때 리에가 수정시킨 것은 자신의 난자와 남편의 정자, 그리고 자신의 난자와 대학의 상사이자 불륜 상대이기도 한 기요카와 고로의 정자였습니다.

후자가 문제입니다. 현재 일본에서는 체외수정란을 만들 때는 부부의 정자와 난자를 이용해야만 합니다. DI의 경우는 남편 이외의 제3자의 정자를 이용하는 것이 용인되고 있지만, 체외수정에서는 남편 이외의 정자를 이용해서는 안 된다고 되어 있습니다.

또 그녀는 이들 수정란을 본인 외의 여성의 자궁에 이식했습니다. 이것도 현재 일본에서는 규칙 위반입니다. 학회의 '회고'에 의해 일본에서는 난자와 자궁의 일치가 상식으로 되어 있습니다. 수정란은 이 유전적 엄마(난자의 주인)인 여성의 자궁으로 이식되어야 한다고 되어 있습니다.

더욱이, 세 번째의 경우는 대리모 출산입니다. 리에는 자신의 수정란을 이미 자궁을 적출한 자신을 대신해 출산하도록 다른 사람에게 이식했습니다. 누구의 자궁에 이식한 걸까요?-바로 자신의 어머니입니다.

체외수정은 부부 간에 한한다는 것과 수정란과 자궁의 일치, 대리모 출산-모두 일본에서는 법률에 근거하는 규제와 지침이 없고 오로지 학회의 견해(회고)가 사실상의 가이드라인이 되고 있습니다.

예전에 나가노현의 산부인과 의사가 아내가 아닌 여성의 난자로 체외수정을 행하여 학회에서 제명 처분당한 일이 있습니다.(이 의사는 소송을 하고, 그 후 화해하여 재입회했음) 또 그는 그 후 법정비가 되어 있지 않은 상태에서 대리모 출산을 다루어 문제가 되었습니다.

리에의 경우도 이 일이 발각되면 그냥은 끝나지 않을 것입니다. 하지만 그녀는 '자궁을 잃었지만, 아이를 갖고 싶다'는 한 여성으로서, 또 같은 처지에 있는 사람들을 고통에서 구하고자 하는 의사로서 굳이 대리모 출산에 도전한 것입니다.

이 《진 왈츠》 후에 쓰인 《마돈나 베르데》에는 딸의 대리모가 된 여성 미도리의 시점에서 일의 전후사정이 그려지고 있습니다.

할머니가 손자를 낳는다

　체외수정이라는 새로운 생식기술의 등장으로 샬레 안에서 생긴 수정란을 난자의 주인이 아닌 다른 여성이 '대신' 낳을 수 있게 되었습니다. 이것이 '대리모 출산'입니다. 체외수정도 부부 간에서만 행해지는 것이라면 그다지 문제가 되지 않습니다. 그러나 그것이 부부 이외의 제3자의 난자와 정자를 이용하거나 샬레 안의 수정란을 아내 이외의 사람에게 이식하여 출산하는 경우에는 엄청난 윤리문제로 발전하기도 합니다.

　근래에 일본에서도, 태어나면서 자궁이 없는 딸을 대신하여 어머니가 딸 부부의 수정란을 회임하여 아이(손자)를 출산한 사례가 화제가 되었습니다. 학회의 가이드라인을 무시한 의사의 앞서간 행동과 함께 '할머니가 손자를 낳는다'는 사실이 커다란 논쟁을 불러일으켰습니다. 체외수정, 대리모 출산이라는 방법을 사용하면, 할머니가 손자를 낳거나 여동생이 조카(언니의 아이)를 낳거나 하는 일도 생깁니다.

첨단 의료기술에 의해 지금은 자신의 아이가 아닌 아이를 낳을 수 있게 되었습니다.

영화 〈진 왈츠〉에서 리에가 의학부 학생들에게 강의하는 소리가 들립니다. 조금 들어보죠.

"인공호흡기라는 이용기술의 출현이 뇌사라는 사회문제를 파생시켰습니다. 이와 마찬가지로, 체외수정이라는 새로운 의료기술의 혁신으로 생긴 새로운 문제가 있습니다. 그게 뭐라고 생각합니까?"

"대리모 문제입니다. (…) 대리모라는 것은 체외수정을 한 난자를 난자의 제공자가 아닌, 다른 사람에게 넣는 것입니다. 별칭, '빌린 배'이죠."

빌린 배라는 말이 나왔지만, 정확히 말하면 이것은 크게 두 가지로 나눌 수 있는 대리모 출산 방법 중 하나입니다. 대리모 출산에는 '서러게이트 마더'(surrogate mother)와 빌린 배라고도 불리는 '호스트 마더'(host mother)가 있습니다.

인공수정형 대리모-서러게이트 마더

보다 오래전부터 이용되어 온 방법은 서러게이트 마더로, 이것은 대리모가 배(자궁)만이 아니라 난자까지 제공하게 되며, 1960년 경부터 이용되어 왔습니다. 서러게이트(surrogate)는 '대리'라는 의미입니다.

[도표4] 〈상〉에 있는 것처럼, 이 방법에서는 대리모의 배란기에 맞춰 의뢰인 남편의 정자를 자궁에 넣어 인공수정을 행합니다. 이 방법은 앞서 말한 DI와 완전히 같기 때문에 서러게이트 마더는 '인공수정형 대리모'라고도 불립니다. 이 경우 태어난 아이는 유전적으로도 대리모의 아이가 됩니다.

실은 체외수정 기술이 아직 등장하지 않았던 시절에는 대리모 출산이라고 하면 이 방법밖에 없었습니다. 아내가 자궁을 적출하거나 자궁근종이 있어 자신의 몸에서는 낳을 수 없고, 게다가 입양은 대기 기간이 길어 부부가 양부모가 될 수 있는 연령제한을 넘겨 양자를 들이는 선택지도 끊겼을 경우 최후의 수단으로 이용되었습니다.

다만 이 경우 남편과 유전적인 관계가 있는 아이는 생기지만, 아내와는 유전적 관련이 없습니다. 또한 아내에게 있어서 태어난 아이는 자신의 남편과 다른 여성과의 사이에서 태어난 아이이므로, 심리적으로 복잡한 감정을 가지게 될 수도 있습니다. 이 때문에 서러게이트 마더밖에 없었을 때에는 대리모 출산을 선택하는 사람은 그다지 많지 않았습니다.

체외수정형 대리모-호스트 마더

1978년, 체외수정을 통해 아이의 탄생이 가능해지자 호스트 마

[도표4] 서러게이트 마더와 호스트 마더

◆**서러게이트 마더**(Surrogate mother)

남편의 정자를 아내 이외의 여성에게 인공수정한 출산(난자와 자궁을 빌려 출산)

유전적으로는 남편과 대리모 사이의 아이

◆**호스트 마더**(Host mother)

남편과 아내의 체외수정란을 대리모에게 이식하여 출산(자궁만을 빌려 출산)

유전적으로는 부부의 아이

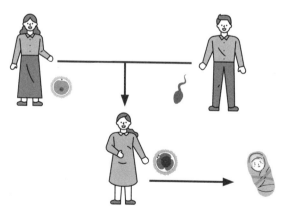

[출전] 일본불임학회 윤리위원회(현 일본생식의학회) 〈설문조사를 위한 송부용 해설도〉를 기초로 작성

더 즉, 체외수정형 대리모라는 새로운 방법이 등장했습니다. 이것이 바로 '빌린 배'입니다. 즉, 의뢰인 부부의 체외수정란을 만들어 그것을 대리모의 자궁에 넣어 임신, 출산하게 하는 것입니다.([도표4] 하)

수정란은 의뢰인 부부의 것이고, 대리모가 자궁만 제공하기 때문에 '빌린 배'라든가 '빌려주는 배'라고 불리기도 했습니다. 이 경우 태어난 아이는 유전적으로 부부의 아이가 됩니다.

이 빌린 배가 가능해지기 시작한 1980년대부터 대리모 출산 이용자가 급격히 증가했습니다.(다만 현재는 배를 빌려주다, 빌리다라는 표현이 부적절하다는 견해도 있어서 빌린 배, 빌려주는 배라는 말은 별로 사용하지 않음)

예를 들어, 탤런트 무카이 아키(向井亜紀) 씨처럼 자궁을 잃어버려도 난자가 남아있다면, 그 난자를 채취하여 남편의 정자와 체외수정시키고, 이 수정란을 대리모가 되는 여성의 자궁에 이식하면 부부와 유전적인 관계가 있는 아이를 낳을 수 있습니다.

더욱 복잡한 것 중에 난자 도너가 있는 호스트 마더도 있습니다. 의뢰인의 아내도, 대리모도 아닌 제3자로부터 난자를 제공받아 의뢰인 남편의 정자와 수정시켜 체외수정란을 만들고, 그것을 대리모에게 임신하도록 하는 방법입니다.

엄마가 3명이야!

이 같은 방법으로 아이가 태어났을 경우, 친자관계(특히 모자관계)를 파악하는 것이 문제가 됩니다.

일반적으로는 아이가 태어난 경우, 낳은 여성이 아이의 유전상의 엄마이고, 기른 엄마가 됩니다. 낳은 부모와 유전상 부모, 그리고 양육한 부모(사회적 부모)가 동일 인물입니다.

하지만 대리모 출산의 경우에는 이 같은 종래의 부모가 분리되어 낳은 부모와 유전상 부모, 내지는 기른 부모가 다른 사람이 됩니다. 즉, 대리모 출산은 부모의 분리를 초래했습니다.

서러게이트 마더에서 대리모는 낳은 엄마임과 동시에 유전상의 엄마입니다. 그리고 의뢰인이라는 양육 의사가 있는 사회적 엄마가 있으므로, 아이에게 두 명의 엄마가 존재합니다. 대리모 입장에서는 DI를 받아 자연임신한 것과 다름없고, 자신의 친자를 의뢰인에게 건네주게 되므로, 아이에 대한 애착으로 인해 건네기를 거절하는 대리모도 있습니다.

또 태어난 아이가 이 사실을 알았을 경우, 자신의 유전상 엄마이자 낳은 엄마인 대리모에 대해 '왜 나를 팔았어?!'라며 마음의 상처를 받을지도 모릅니다.

호스트 마더에서는 수정란은 의뢰인 부부의 것이므로 유전상 엄마인 의뢰인 여성과 낳은 여성인 대리모라는 두 명의 엄마가 존재합니다. 이 경우 의뢰인 여성은 자신과 유전적 관계가 있는 아이를 양육하는 것이므로, 서러게이트 마더보다 바람직하다고 생각될지도 모르겠습니다. 하지만 대리모가 아이의 인도를 거부할 경우, 누가 아이의 부모인지를 판단하기 어려워집니다.

생물학적 엄마와 출산한 엄마, 어느 쪽이 아이의 엄마일까요? 일본에서는 민법으로 정해져 있지는 않지만, 법원이 '분만한 여성을 아이의 엄마로 한다'는 견해를 내고 있기 때문에, 대리모가 아이의 법적 엄마가 됩니다.

더욱 복잡한 것은 난자 도너를 이용한 호스트 마더의 사례입니다. 이 경우 난자 도너가 아이의 '유전상 엄마', 대리모가 '낳은 엄마', 의뢰인 여성이 '키운 엄마'가 됩니다. 이 경우에는 엄마가 세 명 있는 상황이 되고 맙니다.

이 세 명 중 누가 아이의 법률상 엄마가 될까요? 일본에서는 이 경우도 낳은 엄마인 대리모를 아이의 법률상 엄마로 간주합니다.

일본의 생식 투어리즘

이것은 일본에서 대리모 출산으로 아이가 탄생한 경우, 설령 호스트 마더라도 아이는 대리모의 아이가 되어 버린다는 것을 의미합니다. 유전상 엄마이면서도 아이의 친모가 될 수 없는 사례가 생기는 것입니다.

처음부터 일본에서는 대리모 출산이 공식적으로 인정되지 않았습니다. 일본에는 대리모 출산을 규제하는 법률은 없지만, 학회가 대리모 출산을 '지침'을 통해 금지하고 있고, 2008년 4월, 일본학술회의도 대리모 출산을 원칙적으로 금지한다는 내용의 견해를 내놓았습니다. 여성의 신체를 생식 수단으로 이용하는 것은 문제가 있다고 본 것입니다.

대리모 출산을 원하는 부부 중에는 무카이 아키 씨처럼 미국의 특정 주나 인도 등 금전을 대가로 대리모 출산이 인정되는 나라와 지역으로 건너가서 대리모 출산을 의뢰하는 사람들도 있습니다. 이른바 생식 투어리즘입니다. 일본인 독신 여성이 미국으로 건너가 미국인의 정자와 난자를 체외에서 수정시켜 그 수정란을 자신의 자궁에 이식하여 출산하는 사례도 있습니다.

일본인 부부가 해외로 건너가 자국에서는 인정되지 않는 대리모 출산을 이용한 경우, 호적의 기재와 국적 등 아이의 법적 신분이 문제가 됩니다. 왜냐하면 일본에서는 법무성이 1962년의 대법원 판결 등을 근거로, 출산한 사람을 친모로 판단하고 있기 때문입니다. 따라서 해외에서 대리모 출산을 이용하여 아이를 얻은 경우, 호적상 엄마는 의뢰인이 아닌 대리모가 됩니다.

그러나 출생신고를 할 때 아내가 아이를 출산했는지에 대한 사실을 일본 정부가 확인하는 일은 거의 없어 대리모를 통해 아이를 낳은 일본인 부부는 태어난 아이를 자신들 부부의 아이로 출생신고할 수 있었습니다.

그러나 엄마가 자연임신할 가능성이 적은 50대 이후 여성의 경우에는 낳은 사실을 확인하게 되어 있어 혹시 대리모 출산이라는 사실이 밝혀지면 아이가 부부의 친자로 인정되지 않는 사례도 발생하고 있습니다.

또 아내가 나이가 많지 않아도, 대리모 출산이라는 것을 공표한 무카이 아키·다카다 노부히코 부부의 경우 역시 태어난 쌍둥이의 출생신고서가 수리되지 않았습니다. 그들의 출생신고를 수리해 버리면 '낳은 사람이 엄마'라고 한 일본정부의 판례를 무시하는 결과가 되기 때문입니다. 무카이·다카다 부부는 출생신고 수리를 요구하며 가사재판을 일으켰으나 도쿄가정법원은 이를 각하했고, 도쿄고등법원은 수리를 명했습니다. 하지만 2007년 3월 23일 대법원은 수리를 인정할 수 없다는 결정을 내렸습니다.

아이의 유전상 엄마임에도 엄마가 될 수 없는 것입니다.

여성의 생식기계화

일본은 왜 대리모 출산에 신중한 것일까요? 대리모에 반대하는 대표적 의견을 들어보겠습니다.

우선 대리모 출산은 여성을 아이를 낳기 위한 도구로 이용하는 것이라는 비난입니다. 대리모 출산을 인정하면, 여성을 생식기계화하여 인간의 존엄을 훼손하게 된다고 주장합니다.

이것은 일본 후생노동성이 내세우고 있는 금지 이유입니다. 이미 2000년 시점에 당시 후생성의 '생식보조 의료기술에 관한 전문위원회'는 대리모 출산에 대해, 여성을 생식의 수단으로 취급하는 기술로 간주하여 법률로 금해야 한다는 견해를 나타내고 있습니다.(〈마이니치신문〉 2000.6.16)

예를 들어 일본에서는 예전에 '바깥 배'라는 말이 있었습니다. 집안의 후손이 필요한데 아내와의 사이에 아이가 생기지 않을 경우, 남편이 바깥 배 즉, 아내 이외의 여성과의 사이에 아이를 만드는 것입니다. 이것은 아내만이 아니고 임신한 아이를 건네주어야 하는 여성에게도 대단히 고통스러운 제도였습니다.

한국 영화 〈씨받이〉에서는 조선시대에 존재했던 '씨받이'라고 불리는 여성들이 등장합니다. 특권계급의 가문에 후계자를 만들기 위해 불임의 아내 대신 후계자가 될 남자아이를 낳기 위한 여성들입니다.

그들의 대부분은 가난한 마을의 소녀들입니다. 씨받이가 낳은 아이가 여자아이라면 그 딸을 데리고 마을로 돌아가지 않으면 안 됩니다. 남자아이를 낳으면 아이의 얼굴도 보지 못하고 집을 나와야만 합니다. 씨받이 제도는 인권문제로 인식하여 이미 폐지되었습니다.

바깥 배도 씨받이도 모두 대리모 출산입니다. 이런 이야기를 들으면 아이를 낳기 위해 여성을 이용하는 것은 용서받기 어렵다고 생각하는 사람도 있을 것입니다. 그러나 현대에서도 체외수정과 인공수정 등 과학기술을 이용하여 대리모 출산과 똑같은 일을 행하고 있다고 보는 견해도 있습니다.

이런 것들을 생각하면 확실히 대리모 출산은 '여성을 생식의 수단으로 사용한다'는 비판도 이해할 수 있지 않을까요?

더욱이 금전계약을 동반하는 대리모 출산은 신생아 매매라는 비난도 있습니다. 분명 대리모가 보수를 목적으로 아이를 만들고, 그것을 팔고 사는 것은 인신매매와 같아 보이기도 합니다.

과거에는 대리모 출산 계약 시, 아이의 '생명의 질'에 의해 보수에 차이가 생기는 일도 있었습니다. 태어난 아이가 건강한 아이라면 제시된 보수는 전액 지불되지만, 어딘가 장애가 있을 경우에는 대리모에 대한 보수는 반액, 사산이면 보수의 10% 정도라는 식의 계약입니다. 이 같은 계약은 아이를 상품으로 간주한다는 생각이 듭니다.

또 대리모 출산에 의해 부모 자식과 가족의 개념에 혼란이 생긴다는 우려도 있습니다. 대리모에게서 태어난 아이가 자신의 부모가 누구인지를 알 수 없게 되어 혼란스러워진다는 문제입니다.

변심한 대리모 - 베이비 M사건

가끔 대리모가 9개월에 걸쳐 유대감을 형성한, 내 배 아파 낳은 아이에 대한 애착을 끊지 못해 태어난 아이의 인도를 거부하는 사례도 있습니다.

미국 뉴저지주의 스턴 부부(당시 모두 38세)는 뉴욕 불임센터를 방문하여 뉴저지주에 사는 주부인 메어리 베스 화이트헤드(29세)와 대리모 계약을 맺었습니다.

스턴 부부는 아내가 다발성 경화증이라는 난치병에 걸려 임신하면 증상이 악화될 가능성이 있기 때문에 대리모 출산을 의뢰한 것입니다.

대리모가 태어난 아기의 양자계약서에 서명하고, 아이를 인도한 후 1만 달러(약 153만 엔)를 지불하는 계약이 이루어졌습니다. 대리모 메어리 베스는 아홉 번째의 인공수정으로 겨우 임신하여 1986년 3월 여자아이가 태어났습니다.

하지만 태어난 아이를 보자 메어리 베스의 마음속 깊은 곳에서 강한 모성애가 끓어올랐습니다. 모유 수유를 하면서 그녀는 '이 아이는 내 아이야, 다른 사람에게 줄 수 없어!'라고 생각하게 되었습니다.

그러나 이미 대리모 출산 계약을 했습니다. 출산 3일 후, 계약대로 의뢰인 스턴 부부가 아이를 데리러 옵니다. 메어리 베스는 눈물을 흘리며 M(가명)을 스턴 부부에게 건네긴 했지만, 역시 끓어오르는 모성애를 억누를 수 없었습니다.

다음 날, 메어리 베스는 스턴 부부의 집으로 달려가 "내 아이를 돌려줘! 돌려주지 않으면 죽어버리겠어."라며 울부짖었습니다. 당황한 부부는 일단 그녀의 감정을 가라앉히기 위해 M을 돌려주었습니다.

하지만 그 후 메어리 베스는 사례비를 거절하고 M을 돌려주지 않았습니다.

의뢰인 스턴 부부는 법원으로부터 아이의 반환명령을 얻어내어 경찰관이 화이트 헤드 부부의 집으로 들어갔습니다. 그러나 대리모의 남편 리처드가 이미 M을 안고 도주해버렸습니다.

스턴 부부는 사립탐정을 고용해 M이 있는 곳을 찾아냈습니다. 대리모 메어리 베스의 친정에 아이가 있다는 것이 밝혀지자 다시 경찰관이 들어가 아이를 숨기려는 그녀의 어머니를 밀어내고 M을 스턴 부부에게 돌려주었습니다.

그 후 메어리 베스는 M의 재반환을 요구하며 소송을 벌였습니다.

어느 쪽이 부모?

이 경우 대리모의 요구에 따라 대리모 계약을 백지화하고, 아이를 낳은 부모인 대리모에게 돌려주어야 된다고 생각하십니까? 그렇지 않으면 어디까지나 계약은 계약, 일단 계약이 성립된 이상 계약대로 아이는 의뢰인에게 인도해야 한다고 생각하십니까?

이 재판은 '베이비 M사건'으로 불리며 의뢰인과 변심한 대리모가 아이에 대한 권리를 둘러싸고 다툰 최초의 재판으로 전 세계가 주목했습니다.

1년 후 1987년 3월, 뉴저지주 제1심 법원은 대리모 계약을 적법으로 간주하고, 의뢰인 스턴 부부에게 영구적 양육권을 인정한다는 판결을 내렸습니다. 즉, 계약대로 아이를 의뢰인에게 보내야 한다고 판단한 것입니다.

여기에 불복한 메어리 베스는 뉴저지주 대법원에 항소했습니다. 대법원은 금전의 수수를 동반하는 대리모 계약은 신생아 매매를 금지하는 주법(州法)에 저촉하므로 '무효'라고 판결했습니다. 금전계약을 맺어 아이를 만들어 건네는 행위가 신생아 매매에 해당한다고 판단한 것입니다.

게다가 베이비 M의 친부를 유전상 아버지이자 의뢰인의 남편인 빌 스턴으로 하고, 유전상 어머니이자 낳은 어머니이기도 한 대리모 메어리 베스를 친모라고 판결했습니다.

그러나 부부가 아닌 이 두 사람이 함께 양육할 수는 없기 때문에, 쌍방의 가족생활을 비교하여 '아이에게 최선의 이익'이라는 기준에 따라 스턴 부부에게 양육권을 인정했습니다. 그리고 메어리 베스에게는 방문권(면회는 주 2회 1시간씩. 화이트 헤드가의 다른 사람은 만날 수 없음)이 인정되었습니다.

대리모 출산은 남을 돕는 행위인가

왜 아이를 낳은 부모인 메어리 베스가 아닌, 스턴 부부가 양육하는 것이 '아이의 이익'에 맞는 것이라고 판단한 것일까요?

이때 세상의 주목을 끈 것은 의뢰인 스턴 부부와 대리모 메어리 베스의 사회적 지위의 격차였습니다. 메어리 베스는 중졸로 무직인 여성이었고, 스턴 부부는 남편은 생화학자, 아내는 소아과 의사였습니다. 아이의 이익이라는 측면에서, 의뢰인과 대리모 중 어느 쪽에서 자라는 것이 아이에게 행복한 것일까? 이에 대해 법원은 사회적, 경제적 우위를 스턴 부부 쪽이라고 생각한 것입니다.

메어리 베스는 다음과 같이 말합니다.

"아기가 스턴 부부와 같은 사람의 가정에 있는 것이 행복하다고 생각하는 사람들도 있겠죠. 신문은 내가 고등학교를 졸업하지 않았다는 기사를 써댔어요. 모두 그 기사를 읽고 어차피 내가 좋은 엄마가 될 수 없다고 생각하죠. 고등학교도 안 나왔고, 변변치 못한 남자와 결혼한 것을 보면 어차피 좋은 엄마가 될 수 없다고 말이죠. 그렇게 모두가 무시했지만 나는 좋은 엄마라구요. 정말 좋은 엄마였어요."《불임-지금 무슨 일이 일어나고 있나?》 레나테·D. 클라이 편, 핀레지의 모임 역, 쇼분사, 1991)

아이가 유복한 스턴 부부 쪽에 인도되었다는 사실을 통해 금전계약에 의한 대리모 출산은 결과적으로는 사회적, 경제적으로 우위에 있는 사람이 가난한 여성을 착취하게 되는 게 아닌가 하는 의문을 품게 되었습니다.

메어리 베스는 이어서 이렇게 말합니다.

"처음에는 나도 대리모는 남을 살리는 멋진 일이라고 생각했어요. 하지만 지금은 압니다. 대리모는 사회에도 좋지 않아요. 아기를 파는 것은 잘못됐어요. 아기를 사는 것도 잘못이에요. 우리 여자를, 아무런 감정도 없는 것처럼 이용하는 것은 잘못됐어요. 대리모 엄마들 대부분이 가난하고 교육도 못 받은 사람들이라고 해서 우리의 주장을 외면하는 것은 잘못 됐다구요."

대리모 출산은 남을 돕는 멋진 행위일까요? 아니면 가난한 여성을 아이를 낳는 기계로 이용하는 것일까요?

자궁은 타인의 수정란도 받아들인다

메어리 베스의 경우 그녀의 배란일에 맞추어 의뢰인 남편의 정자를 자궁에 넣어 임신했습니다. 즉, 서러게이트 마더입니다. 따라서 난자는 메어리 베스 자신의 것이고, 그녀는 낳은 엄마임과 동시에 아이의 유전학상 엄마입니다. 아이의 친모와 같은 존재가 됩니다.

의학적으로 보면 여성이 자연임신한 것과 다름없습니다. 이것이 대리모 메어리 베스의 모성을 지나치게 자극한 것이라는 의견도 있습니다.

하지만 부모들이 태어난 아이를 서로 갖겠다고 쟁탈전을 벌이는 사례는 대리모가 의뢰인 부부의 수정란을 자궁에 넣었을 경우에도 일어납니다. 호스트 마더라면 아이와 대리모 사이에 유전적 관계는 성립하지 않습니다. 따라서 단지 배를 빌려줄 뿐이라고 생각했던 대리모가 막상 의뢰인의 수정란을 임신, 출산하면 아이에 대한 애착이 강해지는 사례는 과거에도 현재에도 얼마든지 있습니다.

그렇다면 혈연자 간에 대리모 출산을 행하면 문제가 없다고 보는 사람이 있을지도 모릅니다. 예를 들어, 불임인 언니 부부를 대신하여 동생이 아이를 낳아주면, 여동생은 아이를 낳은 엄마임과 동시에 이모가 되는 셈이죠. 이모가 조카를 만나러 왔다 한들 이상하지 않지요.

낳은 사람이 엄마라는 일본의 법률하에서는 우선 낳은 여성을 엄마로 출생신고서를 제출한 후 입양을 통하여 의뢰인의 아이로 만듭니다. 아이의 호적에는 입양이라고 쓰여 있지만, '내 친엄마는 누구야?'라고 아이가 묻는다 해도 유전상 부모는 자신들 부부이고, 낳은 엄마는 언제나 귀여워해주는 할머니와 이모입니다.

가족관계는 확실히 복잡해지지만, 대리모가 아이를 돌려달라고 소송하는 사태는 피할 수 있을지도 모릅니다. 대리모가 된 할머니와 이모가 아이가 보고 싶을 때 보러 오는 것은 부자연스럽지 않고, 할머니라면 자신이 낳은 '손자'와 함께 살고 있을지도 모릅니다.

다만 혈연자가 대리모를 수락하는 경우 예를 들어, 생체 이식에서도 문제가 되는 무언의 압력과 기대-혈연관계이니 수락해주겠지-가 있을지도 모릅니다.

인간의 자궁이라는 것은 신비한 것이어서 신체 내에서 유일하게 거절반응을 잘 일으키지 않는 기관이라고 합니다. 의뢰인 부부의 수정란을 대리모의 자궁에 이식한 경우 그 수정란은 대리모의 몸에서는 이물질이 됩니다. 그러나 자신과 아무런 인연도 관계도 없는 수정란이라도 대리모의 자궁에서 받아들여 기를 수 있습니다.(종의 계승을 위해 모체에서 이물질인 정자를 받아들이는 '면역학적 관용'에 의한 것임) 자궁의, 이처럼 받아들이고 기르는 기능을 이용한 것이 대리모 출산입니다.

내 아이라도 타인의 아이, 타인의 아이라도 내 아이-자궁은 여성이 '내 아이가 아닌 다른 사람의 아이를 낳는다'고 하는, 인간으로서 전대미문의 사회적 실험에 노출되어 있는지도 모릅니다.

칼럼3

부모가 다섯인 아이

　자연임신에서는 태어난 아이의 부모가 누구이고, 양육을 담당하는 부모가 누구인지는 법률 또는 관습에 의해 명확했습니다. 낳은 여성이 유전상의 어머니이고, 그 남편이 유전상의 아버지로 추정되어 왔습니다. 그리고 이 두 사람이 아이를 양육하는 사회적 부모이기도 했습니다.

　하지만 생식의료의 등장으로 이러한 전통적 부모자식 관계는 무너지고 있습니다. 여성이 자신과 유전적 연관성이 없는 아이를 낳거나(대리모 출산), 남편이 자신 이외 남성의 정자로 태어난 아이의 아버지가 되기를 희망하거나(DI), 남편의 사후, 몇 년이 지난 후 아내가 남편의 아이를 낳는 사례(사후생식)가 나왔습니다.

　이러한 경우 법정에서 태어난 아이가 누구의 아이인지 다투게 되는 일이 많습니다. 생식의료에서는 유전상 부모, 양육한 부모, 그리고 낳은 부모가 분해되어, 경우에 따라서는 한 명의 아이에게 다섯 명의 부모가 있는 경우도 발생하고 있습니다.

　미국 샌프란시스코의 존과 루안 부부는 자신들의 아이를 갖고 싶었습니다. 하지만 이 둘 다 아이를 만드는 능력이 없었습니다. 그래서 도너로부터 정자와 난자를 제공받아 수정란을 만들고, 그것을 대리모가 될 여성의 자궁에 넣어 아이를 낳기로 했습니다. 대리모가 되는 여성 파멜라가 임신하여 부부는 아이의 탄생을 기다리면 될 뿐이었죠. 하지만 출산 1개월 전, 이 부부는 이혼하고 말았습니다.

　대리모인 파멜라는 생각했습니다. 의뢰인 부부가 이혼해 버린 이상 부부와 유전적 관계가 없는 아이가 어느 쪽에 맡겨지든 행복하지 않을 수도 있다. 그렇다면 낳은 부모인 내가 아이를 양자로 삼아 직접 키우고 싶다고.

　그러나 파멜라의 소송은 인정받지 못했습니다. 법원은, 아이는 의뢰인 루안이 기르는 것이 좋다고 판단했습니다. 다만, 루안에게 친권이 인정된 것은 아닙니다. 그녀에게는 아이의 후견인 자격이 인정되었을 뿐이며, 아이를 기를 수는 있지만 아이의 법적 부모는 될 수 없었습니다. 아이와 루안 사이에 유전적 관계가 없기 때문에 그녀에게는 '법적인 어머니라고 주장할 권리는 없다'고 판단한 것입니다.

　그러면 아이의 법적인 부모는 누구일까요? 아무도 없습니다. 부모가 다섯 명이나 있으면서도 법적인 부모는 아무도 없습니다. 부모가 없는데 태어난 아이가 되는 셈입니다. 게다가 후견인으로서 아이를 기르는 루안이 전 남편인 존에게 양육비를 청구한 결과, 존이 지불을 거절해 그녀는 소송을 했습니다. 존은 아이와 유전적 관계가 없는 것을 이유로 양육비의 지급 의무가 없다고 주장했습니다.

결국 3년 후, 이혼한 의뢰인 존과 루안이 아이의 법적인 부모라는 것이 인정되었습니다. 존은 아이의 아버지로서 양육비 지급 의무를 지게 되고, 루안은 어머니로서 아이의 친권을 얻을 수 있었습니다. 그때까지 3년간, 누가 부모인지를 법정에서 다투는 동안, 당연한 말이지만 이 아이에게는 법적인 부모가 없었던 것입니다.

도대체 무엇을 위한, 누구를 위한 대리모 출산일까요?

이와 같은 생식의료에 기인하는 친자관계에 관한 재판은, 판사의 구성에 의해서도 크게 달라집니다. 일률적으로 말할 수는 없지만, 남성 판사는 유전적 관계를 중시하는 경향이 있는데 반해, 출산 경험이 있는 여성 판사는 대리모 출산이라도 '낳은 부모'를 우선적 부모라고 하는 경향이 있습니다. 아이의 부모가 그때그때의 판결이라는 법적 도박에 달려있다는 것은 그 아이의 법적 지위를 불안정하게 합니다.

'부모가 되고 싶다'는 단순한 바람이 그것을 실현하는 기술의 등장으로 부모자식 관계를 혼란스럽게 하고, 종래의 가족관을 무너뜨리는 참으로 역설적 사태가 발생하고 있는 것입니다.

6장

'엄마들'과
정자 도너

다양한 부부와 새로운 가족

너의 제공자

산부인과 의사인 닉과 조경 일을 하는 줄스는 레즈비언 커플입니다. 닉이 환자로 실려온 줄스를 진찰하게 되고, 이를 계기로 만나 서로를 평생의 파트너로 결정합니다. 이성 간에 말하는 결혼이지요. 가정을 꾸린 그녀들은 아이를 갖고 싶다며, 각각 한 사람씩 아이를 낳았습니다.

18세가 된 장녀 조니와 15세의 장남 레이저. 그들은 엄마들과 두 명의 아이가 있는 4인 가족으로 함께 놀거나 싸우거나, 야단치거나, 반항하거나 하며 보통의 가정과 다르지 않은 생활을 보내고 있습니다.

여성들 간에 어떻게 아이를 만들었느냐고요? 그것은 곧 알게 됩니다.

장녀 조니는 엄마 중 한 사람과 테라스에서 게임을 하고 있습니다. 엄마가 다음 수를 생각하고 있을 때, 조니의 휴대폰이 울렸습니다. 모르는 번호입니다. 갸우뚱하면서도 그녀는 전화를 받습니다. 낯선 남성의 목소리였습니다.

"조니 올굿 씨입니까?"

"…네. 전데요."

"난 폴이야. 너의… 제공자."

조니는 놀란 나머지 의자를 뛰어넘어 게임에 집중하는 엄마를 남겨두고 전화기를 든 채 뛰쳐나갑니다.

도대체 무슨 일이야? 남겨진 엄마는 어리둥절하기만 합니다.

"얘기 좀 할 수 있니?"

"네, 괜찮아요."

전화기 너머의 남성은 어떻게 말하면 좋을지를 생각하면서 무슨 말이라도 하려고 합니다.

"너는…음, 요즘 어때? 건강하니?"

스스로도 어색한 말이라고 생각하며 남성은 쓴웃음을 지었습니다. 자기도 모르게 조니도 어색한 미소를 짓습니다.

조금 사이를 두고 폴은 결심하고 본론을 꺼냅니다.

영화 〈에브리바디 올라잇 THE KIDS ARE ALL RIGHT〉 2010년

"정자은행 직원에게 들었는데⋯."

"사실은 남동생에게 부탁을 받았어요. 나는 18세. 동생은 15세. 전화를 하기에는 아직 나이가 어려서요. 당신이 좋다면 만나고 싶대요."

"네 남동생?"

"네, 엄마가 다른 남동생이요. 엄마들은 한 명씩 낳았어요. 당신의 정자로."

"엄마들?"

"네. 두 명 있어요. 맞아요. 레즈비언 커플."

제공자 폴은 순간 말을 잃었습니다.

"?⋯아, 그런 거구나! 그것 참 멋지네.(어떻게 반응해야 할지 몰라) 레즈비언은 좋아해."

"⋯그래요?"

"함께 식사하는 건 어때? 너와 남동생이 같이."

조니는 무심코 아무것도 모르는 엄마를 뒤돌아보지만, 남동생과 자신이 바랐던 일입니다. 새로운 가족의 방식을 그린 화제작 영화 〈에브리바디 올라잇〉의 한 장면입니다.

다양한 가족의 탄생

네덜란드, 벨기에, 스페인, 스웨덴 등 동성혼을 인정하는 나라가 생겨남으로써 법률로 인정되는 가족을 반드시 이성 간 혼인으로 한정하지는 않게 되었습니다. 미국에서도 오바마 대통령이 2013년 취임 연설에서 동성혼에 대해 언급하여 주목을 받았습니다. 동성혼 문제는 그 가정에 태어난 아이의 법적 지위와도 관계됩니다. 아이의 부모도 엄마들이거나, 아빠들이거나….

생식의료의 등장으로 이제 동성 간에도 아이를 가질 수 있게 되었습니다. 양쪽 유전자를 다 가지는 아이는 아니지만,(현시점에서는 그렇지만, 이것도 iPS세포 연구가 진행되면 가능해질지도 모름) 커플의 한쪽과 유전적 관계를 가진 아이를 낳을 수 있습니다.

앞의 닉과 줄스와 같은 레즈비언 커플이라면, DI를 이용해 도너의 정자를 자신의 배란 타이밍에 맞추어 인공수정하면 됩니다. 그녀들은 이 DI를 이용해 제공자 폴의 정자로 '한 명씩 낳은' 것입니다.

남성 간 게이 커플의 경우에는 직접 낳을 수 없으므로 아이를 갖는 허들이 조금 높습니다. 대리모 출산을 의뢰해야 하기 때문입니다.

더욱이 부부 중 한쪽이 성동일성장애로 성별을 변경한 경우도 있습니다. 남편이 원래 여성이었거나, 아내가 원래 남성이었거나 하는 경우도 생물학적으로는 동성끼리의 결혼이 되므로, DI와 대리모 출산 등에 의해 커플의 한쪽과 유전적 관계가 있는 아이를 가질 수 있습니다.

가족이란 아버지가 있고, 어머니가 있고, 아이가 있는 것이라는 전통적 가족관을 유지 혹은 강화하기 위해 발전해온 생식보조의료(ART)가 종래의 가족관을 뒤집는 듯한, 다양한 성에 의한 다양한 가족의 탄생을 실현시키게 된 것입니다.

이 같은 새로운 가족은 우리 사회에 어떻게 받아들여질까요?

남편이 출산?

인공수정으로 남편이 출산한 가정이 화제가 된 적이 있습니다.

2008년 미국 오리건주에 사는 남성 토마스 비티(34세) 씨의 임신한 모습이 주간지에 게재되었습니다. 수염도 있고 가슴도 평평하지만, 배는 임신부 특유의 불룩함을 보여주고 있습니다. 그는 아이를 낳을 수 없는 아내를 대신하여 자신이 아이를 낳기로 결심했습니다.

'남자가 임신을?'이라고 놀라겠지만, 사실 이 비티 씨는 현재는 법적으로 남성이고 결혼해 아내도 있지만, 원래는 여성으로 태어났습니다. 성동일성장애 때문에 약 10년 전 성전환 수술을 받고 호적도 남성으로 변경한 후 결혼하여 남편이 되었습니다.(《엄마가 된 아빠의 커밍아웃 Coming Out》〈주간 SPA!〉, 후쇼사, 2008. 12. 9호, 126쪽)

부부는 아이를 바라고 있었지만, 그의 아내는 오랫동안 자궁내막증을 앓고 있어 아이를 낳을 수 없었습니다. 그래서 남편인 비티 씨가 엄마가 되기로 결심했습니다. 그는 성전환 수술 때, 자궁과 난소를 남겨 두었던 것입니다. 테스토스테론 투여를 멈추자, 4개월 후에 8년간

멈추었던 생리가 다시 시작되었습니다.

인공수정을 하기 위해 병원을 찾았지만, 아홉 명이나 되는 의사들에게서 이런 복잡한 임신에 얽히고 싶지 않다는 말을 듣고, 결국 정자은행에서 정자를 구입하여 집에서 셀프 수정을 행했다고 합니다.

비티 씨가 임신을 공표하자 전 세계의 매스컴이 이 사실을 보도했는데, 그는 인터뷰에서 이렇게 말합니다.

"남자로서 당당하게 살고 있습니다. 아내에게 나는 우리 아이를 낳는 '남편'이라는 존재입니다."

또 미국의 토크 프로그램에서 이같이 대답합니다.

"아이를 갖고 싶다는 마음에는 남자도 여자도 없습니다."

자연분만으로 무사하게 여자아이를 출산한 후 그는《사랑의 출산 –어느 남자의 멋진 임신》이라는 책을 출판했습니다. 부부는 둘째를 원하고 있었는데, 후에 비티 씨가 둘째를 임신했다는 보도도 있었습니다.

성동일성장애를 가진 남편과 아이의 부자(부녀)관계가 문제가 되고 있는 일본에서도 이 같은 일이 일어날 것에 대하여 우려하는 분이 계실지도 모르겠습니다. 그러나 일단 일본에서는 이 같은 일은 일어나기 어렵다고 봅니다. 일본에서는 성전환 수술로 생식기관의 절제를 끝내는 것이 성별 변경의 요건이 되고 있기 때문입니다.

아이를 낳는 남편이라는 존재는 매우 이해하기 어렵습니다. 보도되지 않아서 알 수 없지만, 태어난 아이의 출생신고는 어떻게 되었을까요?

'낳은 사람이 엄마'라는 것이 일반적 모자관계의 인식방법이므로 출산한 비티 씨가 아이의 엄마라는 출생신고서를 내고, 그 후 어떤 법적인 절차를 밟아 그는 아이의 아빠가 될 수 있었을까요?(그가 사는 오리건주는 동성혼을 인정하고 있어 다른 대응방법이 있을지도 모르지만)

그러나 애초에 법률은 남성이 출산한다는 것을 상상이나 하고 있었을까요?

레즈비언 커플의 양육

앞의 레즈비언 커플의 이야기로 돌아가 보죠.

아이를 양육하는 레즈비언 커플의 경우, 예전에는 과거의 연애와 결혼으로 남성과의 사이에서 생긴 아이를 그 남성과 헤어진 후에 데려와, 파트너와 함께 기르는 사례가 많았던 것 같습니다.

미국, 유럽, 호주에서도 처음에는 남성과의 결혼으로 태어난 아이를 이혼 후 레즈비언 가정에서 기르는 상황이었습니다. 호주에서 조사한 바에 따르면, 현재 이 같은 이전의 이성혼으로 태어난 아이는 레즈비언 커플이 기르는 아이의 약 반 정도이고, 나머지 반은 DI를 이용한 출산이라고 합니다.

일본에서도 아이를 양육하는 레즈비언 커플은 있습니다. 이전에 실시된 일본의 동성혼 커플을 대상으로 한 조사에 의하면, 응답자

683명 중 9.1%에게 아이가 있었습니다. 역시 과거의 연애와 결혼으로 태어난 아이를 이혼 후 맡아서 기르는 사례가 많다고 생각됩니다.

또 동성애 가정에서도 입양을 이용할 수 있게 되면, 이 제도를 이용하여 양육하고 싶다는 사람이 17.4%, 동성혼 가정에 정자은행 등의 ART를 이용할 수 있는 보장제도가 필요하다고 말하는 사람이 35.7%였습니다.(⟨동성 간 파트너십의 법적 보장에 관한 당사자 요구조사⟩ 조사기간 2004년 2월 28일~5월 10일)

처음에는 동성 커플에게 양육되는 아이는 지능이 낮다, 성적인 문제를 일으키기 쉽다, 사회적으로 차별 대상이 되어 행복해질 수 없다는 식의 이야기가 나와, 자신이 레즈비언이라고 커밍아웃한 여성이 이혼할 때 자신이 낳은 아이의 친권을 가질 수 없을 때도 있었습니다. 최근 연구에서는 동성 커플에게 양육된 아이가 이성 커플의 아이와 비교해 지적으로 떨어지는 일은 없다는 결과가 나와 있습니다.

앞에 든 영화 ⟨에브리바디 올라잇⟩의 장녀 조니는 성적이 우수한 아이로, 가을부터 대학에 진학하게 되었습니다. 이제 곧 태어나서 처음으로 혼자 생활하게 됩니다. 조니에게 이번 여름은 집에서 지내는 마지막 시간입니다.

폴의 전화가 있기 며칠 전, 엄마들 몰래 누나와 남동생이 이런 대화를 나누었습니다.

"내가 부탁한 전화 생각해 봤어?"

"난 싫어."

"알고 싶지 않아?"

"곧 대학에 들어가. 이런 때 성가신 일을 하긴 싫어. 엄마들이 상처받을 수도 있고."

"왜 엄마들을 신경 써? 말할 필요 없잖아."

"네가 성인이 된 후에 해봐."

"난 심각한데."

남동생인 레이저를 쌀쌀맞게 대한 조니였지만, 마음이 움직이지 않는 건 아니었습니다.

그날 밤, 그녀는 몰래 엄마들 방에 숨어들어가 정자은행 자료에서 제공자의 메시지를 찾아냅니다. 손으로 쓴 메시지와 함께 거기에는 정자 도너가 어릴 적 찍은 사진도 들어있었습니다. 그 사진을 잠시 들여다보던 그녀의 마음속에서 '도너는 어떤 사람일까'라는 흥미가 일었을지도 모릅니다.

다음날, 그녀는 자료에 쓰여 있는 정자은행으로 문의를 했습니다. 도너를 만나고 싶다고.

[도표5] 아이를 갖는 것, 아이를 양육하는 것에 대해 묻습니다. 아래 제도는 동성 간 파트너십에 필요하다고 생각합니까? 또 그 제도가 있다면 당신은 이용하겠습니까?

a-1 입양제도를 이용해 아이를 갖는 것(필요도)

(명)

	레즈비언	게이	바이섹슈얼	그 외	무응답	합계	
대단히 필요	65	29	41	18	3	156	22.8%
필요	71	29	41	16	1	158	23.1%
뭐라고 말할 수 없다	97	49	48	22	2	218	31.9%
별로 필요하지 않다	18	16	13	4	0	51	7.5%
전혀 필요하지 않다	22	20	7	7	1	57	8.3%
무응답	23	2	7	10	1	43	6.3%
합계	296	145	157	77	8	683	100.0%

a-2 입양제도를 이용해 아이를 갖는 것(이용하겠습니까?)

(명)

	레즈비언	게이	바이섹슈얼	그 외	무응답	합계	
생각한다	55	25	29	10	0	119	17.4%
생각하지 않는다	106	53	40	23	2	224	32.8%
모르겠다	107	64	77	35	5	288	42.2%
무응답	28	3	11	9	1	52	7.6%
합계	296	145	157	77	8	683	100.0%

b-1 정자은행 등을 이용하여 아이를 갖는 것(필요도)

(명)

	레즈비언	게이	바이섹슈얼	그 외	무응답	합계	
대단히 필요	59	19	32	14	1	125	18.3%
필요	57	21	30	11	0	119	17.4%
뭐라고 말할 수 없다	93	52	54	27	4	230	33.7%
별로 필요하지 않다	29	15	12	5	2	63	9.2%
전혀 필요하지 않다	34	34	22	10	0	100	14.6%
무응답	24	4	7	10	1	46	6.7%
합계	296	145	157	77	8	683	100.0%

b-2 정자은행 등을 이용하여 아이를 갖는 것(이용하겠습니까?)

(명)

	레즈비언	게이	바이섹슈얼	그 외	무응답	합계	
생각한다	46	14	27	6	0	93	13.6%
생각하지 않는다	126	70	59	33	4	292	42.8%
모르겠다	94	57	60	29	3	243	35.6%
무응답	30	4	11	9	1	55	8.1%
합계	296	145	157	77	8	683	100.0%

자료: 동성 간 파트너십의 법적 보장에 관한 당사자 요구조사

당신의 정자로 태어난 여성이 만나고 싶어합니다

한편, 도너인 폴의 입장에서는 자신이 제공한 정자로 태어난 아이들에게 연락을 한다는 것은 생각지도 못한 일이었습니다. 정자은행에서 온 연락은 정말 청천벽력이었습니다. 폴은 유기농 야채 재배와 유기농 레스토랑을 경영하고 있습니다. 개점 준비를 하고 있는데, 그의 휴대전화가 울립니다. 모르는 번호입니다.

"폴 햇필드 씨?"

"네, 누구시죠?"

"저는 정자은행 직원 웬디입니다."

(정자…은행?)

폴의 뇌리에 약 20년 전 학생시절의 기억이 어렴풋하게 되살아납니다.

"1991년부터 1993년까지─정자 제공을 하신 햇필드 씨 맞죠?"

"네 접니다만."

(내 '물건'을 제공하고 돈을 받은 적이 있었던가?)

"우리 은행은 제공자의 동의없이 신원을 밝히지 않습니다."

"압니다."

"당신의 정자로 태어난 여성이 연락을 원하고 있습니다만."

(어? 뭐라고?!)

충격으로 생각이 거의 정지된 상태입니다. 폴은 거의 움직이지 않는 머리를 누르면서 사무적인 어조로 대답합니다.

"좋습니다. … 특별히 문제는 없습니다."

문제없다고 대답한 폴이지만, 전화를 끊고 한동안 어안이 벙벙한 채 그 자리에 멈춰 서있었습니다.

(도대체 무슨 일이 일어난 거야?)

그날 밤, 폴은 연인에게 자초지종을 이야기했습니다.

"내가 열여덟 살 때니까 오래전 일이야. 내 물건을 사용할 거라곤 생각하지 못했어."

대학생 때 돈벌이 반, 호기심 반으로 한 정자 제공. 하지만 자신이 제공한 정자로 정말 아이가 태어나다니, 생각지도 못한 일이었습니다. 하지만 성장해 열여덟 살이 되었고…. 분명 그 정자은행에서는 자신의 정자로 태어난 아이가 열여덟 살이 되었을 때, 도너의 동의가 있으면 신원을 개시하는 시스템이 있었던 것 같다. 설마 그것이 현실이 될 줄이야.

"…묘한 기분이야. 아이라니…. 알고 싶은 게 많아."

내 아이란 말인가? 어떤 아이일까? 점점 흥미가 생겼습니다.

도너 중에는 정자를 제공할 때는 자신과 유전적으로 연결된 아이가 태어날지도 모른다는 것을 깊이 생각하지 않고, 자신이 가정을 가진 후 다시 정자 제공에 대해 되돌아보고 앗! 하고 놀라거나 두려움을 갖게 되는 사람도 있다고 합니다. 분명 제공할 때 18년 후를 상상하기는 어려울지도 모릅니다.

레즈비언 마더 붐

독자 중에는 레즈비언 커플이 DI를 이용하는 것에 이의를 제기하는 분도 계실지 모르겠습니다. 제3자의 정자로 아이를 갖는 것은 보통의 이성 부부에 한정해야 한다고 말이죠.

하지만 이미 30년 전에 레즈비언 커플의 베이비 붐이 일어났던 것을 아십니까? 1970년대 중반에서 1980년대에 레즈비언 여성들이 제공된 정자를 이용하여 인공수정을 행하고, 남성과의 성교섭 없이 임신, 출산하기 시작했던 것입니다.

당시의 여성들은 자신의 배란일에 맞추어 게이 남성 등으로부터 사적으로 제공받은 정자를 주변에 있는 기구를 사용해 스스로 인공수정을 했습니다. 스포이드 모양의 기구를 사용하여 정자를 보내기만 하면 되므로 아마추어라도 간단히 할 수 있습니다. 일본에서도 전에 고교생 커플이 남자친구의 정자를 사용하여 직접 인공수정을 하고 임신했다는 보도가 된 적이 있습니다.

이 같은 DI는 셀프수정으로 불리며, 태어난 아이는 터키 베이스터 베이비(turkey baster baby)로 불렸습니다. 터키 베이스터란 칠면 조 등을 구울 때 육즙과 버터를 끼얹기 위해 사용된 스포이드와 같은 조리기구를 말합니다. 이것으로 정자를 넣어 자기수정했다는 의미입니다.

이 자기수정은 남성중심적 의료 체제에 반발하는 페미니스트들에게 지지되어 왔지만, 그뿐 아니라 동성애자에 대한 차별적 의료와 사회체제에 대한 저항이라는 의미도 담겨있었습니다.

레즈비언 마더 붐과 동시기에 미국에서는 에이즈 패닉이 일어납니다. 1980년대 당시, 에이즈는 동성애자와 약물중독자가 걸리는 병이라고 인식되어 동성애자들이 사회적 차별의 대상이 되고 있었습니다. 이 같은 경험을 통해 동성애자가 자신들이 법적인 보호를 받지 못하고 있음을 알게 된 것이, 레즈비언 마더 붐과 같은 일종의 저항운동을 불러일으키며, 특히 1990년대에 일어나는 일련의 동성혼 소송으로 이어졌다고도 합니다.

레즈비언 전용 정자은행의 등장

1980년대에는 미국 캘리포니아주에 레즈비언과 싱글 여성을 주 고객으로 한 정자은행이 등장합니다. 당시 정자은행은 레즈비언 고객을 받아들이지 않았기 때문에 자기수정에 의지해야만 했습니다. 하지만 이 은행은 소비자인 여성들을 위해 정자의 안전성을 체크하거나 정자 도너와 친권포기 계약을 맺기도 하면서 고객의 요구를 고려하여 운영했습니다. 현재는 레즈비언이 운영하고 있는 정자은행도 있고, 일본에서 찾아온 고객(레즈비언 마더 희망자)도 있다고 합니다.

또 한편으로 정자은행의 방식도 바뀌고 있습니다. 정자은행의 초창기 고객은 남편에게 무정자증 등 불임의 원인이 있는 이성혼 커플이었습니다. 1990년대에 들어 현미경 수정이 등장하여 정자가 단 한 개만이라도 발견되면, 그것을 난자에 넣어 수정시키는 일이 가능해지면서 이성혼 커플 고객이 격감했습니다. 그 때문에 정자은행이 발견한 새로운 귀빈이 곧 레즈비언 커플과 싱글 여성들입니다.

미국에서는 1973년 '통일 친자관계법'이 성립함으로써 남편의 동의 하에 의사의 손을 통해 DI로 태어난 아이는 남편의 적출자로 인정하며, 생물학적 아버지인 정자 도너와 아이의 관계는 끊긴다고 규정하고 있습니다. 즉, DI로 태어난 아이는 법적으로 도너와는 무관하다고 판단한 것입니다. 그 때문에 의료기관에서의 DI는 레즈비언 커플이나 싱글 여성에게 있어서, 도너로부터 친권을 요구받는 일 없이 안심하고 이용할 수 있는 선택지가 되었습니다.

물론 레즈비언 커플에서도 아이를 갖는 것은 그리 간단한 선택이 아니었다고 봅니다. 자신들과 같은 동성혼 커플이 아이를 가져도 되는지, 그렇게 하는 것이 아이에게 좋은 것인지, 생물학적 아버지(정자 도너)에 대해 어떻게 전하면 좋을지, 많이 고민했을 것입니다.

안드레아와 브리젯 커플은 이성 커플이라면 조우할 리 없는 '다른 문제' 때문에 상당한 시간을 사용했다고 말합니다.

"우리는 물리적인 문제가 아니라 부모가 될 수 있다는 자신감을 가질 수 있게 되기까지 2년이나 걸렸습니다. 그 다음은 '그럼 어떻게 할 것인가'입니다. 친구 중에는 지인을 이용해 자신들이 직접 제공한 정자를 인공수정한 사람도 있지만, 우리는 그렇게 하고 싶지는 않았습니다."(안드레아) 《가족을 만들다》 67쪽)

"… 문제는 동성 커플이 아이를 낳아도 되는가, 그렇게 하는 것이 아이에게 과연 좋은 일인가, 또 아버지를 안다거나 모른다는 것을 어떻게 생각할 것인가, 그러면 우리는 어떻게 할 것인가, 이런 종류의 생각들이었어요. 이런 복잡한 생각 속에서 긴 시간을 보냈습니다."(브리젯)

앞에 소개한 닉과 줄스 커플도 아마 이와 같이 생각할 시간이 필요했을 것입니다. 그들은 태어난 조니와 레이저에게 자신들이 정자은행을 이용하여 도너의 정자로 '한 명씩' 낳았다는 것을 알렸습니다. 자신들은 생애를 함께 하기로 맹세한 레즈비언 커플이고, 엄마들은 너희를 무조건적으로 사랑한다, 우리는 너희가 태어나기를 매우 원했다, 다른 가정과 다르다고 해서 창피해 할 것은 아무것도 없다고 말입니다.

도너와의 대면

드디어 도너와 대면하는 날이 다가옵니다. 정자 도너인 폴과 만나는 당일, 조니는 조수석에 남동생 레이저를 태우고 약속 장소로 향합니다. 폴이 지정한 장소는 그가 경영하는 레스토랑이었습니다. 조니는 옆에서 안절부절못하는 남동생에게 말합니다.

"너무 기대하지 마."

"기대 따위 안 해."

"충고하는 거야. 이상한 사람일지도 몰라. 정자 제공 같은 걸 하는 사람이라고."

"덕분에 우리가 있잖아. 감사해야지."

가게 앞에 차가 멈추자 아이들은 긴장하며 레스토랑 안으로 발을 들여놓습니다. 폴이 나갑니다. 아이들과 제공자는 어색한 인사를 나누고, 형식적인 자기소개를 합니다. 서로 상대를 어떻게 대하면 좋을지 주저하며, 눈이 마주치면 어색한 미소를 짓고, 고개를 끄덕이는 것밖에 할 수 없었습니다.

정자 제공자 폴은 애써 당혹감을 감추며 두 아이에게 말합니다.

"궁금한 것이 있으면 뭐든지 물어봐."

"고마워요."

아이들도 좀처럼 말을 걸지 못합니다. 어색한 침묵을 견디다 못해 폴은 남동생 레이저에게 말을 겁니다.

"레이저, 물어보고 싶은 것 없니? 뭐든 괜찮아."

그렇게도 정자 제공자에게 관심을 가지고, 정자은행에 문의해 달라고 몇 번이나 부탁한 레이저는 자신을 바라보는 제공자의 얼굴을 제대로 쳐다볼 수가 없었습니다.

"딱히 물어보고 싶은 건 없어요."

제공자 폴은 어색한 분위기를 바꿔보기 위해 묻습니다.

"넌 뭘 잘하니, 레이저?"

"운동이요." 하고 대답하는 조니.

레이저가 겨우 도너를 향해 입을 엽니다.

"학교에서 무슨 운동을 했어요?"

"중학교에서 농구를 했어."

"멋져요. 그 다음엔 뭘 했어요?"

"팀 스포츠에 질려서 그만뒀어. '적을 해치워 버려!'라는 식의 분위기가 싫었거든. 너는?"

레이저는 실망을 감추지 못하고 말합니다.

"축구, 농구, 야구…팀 스포츠만 해요."

폴은 사태를 파악하고 수습하려 합니다.

"팀 스포츠를 비판한 건 아니야. 내가 좀 유별나거든."

레이저는 의기소침해져 한마디 툭 내뱉습니다.

"팀이라는 건 좋아요."

DI로 태어난 아이들은 종종 자신의 정체성을 확인하기 위해 도너를 만나고 싶다고 합니다. 도너와 자신이 어떤 점이 닮았는지 알고 싶어 합니다. 레이저도 남자인 자신이 정자 도너(유전적 아버지)와 닮은 점을 확인하고 싶었을 것입니다.

헤어지면서 제공자 폴이 두 아이와 악수와 허그를 합니다.

"만나서 기뻤어."

"즐거웠어요."라고 말하는 조니.

"또 만나. 연락하자."

엄마들과 정자 도너의 대면

이윽고 이 도너와의 만남을 엄마들이 알게 되었습니다. 그것은 두 엄마에게 충격적인 일이었습니다.

아이들의 고백을 들은 날 밤, 닉은 욕실에서 양치질을 하면서 옆에 있는 줄스에게 불쾌하다는 듯 말합니다.

"그야 생물학적으로는 친부지만, 아주 불쾌하고 화나고 바보가 된 듯한 기분이야. 알아?"

"물론이지. 아이들과의 시간을 누구에게도 빼앗기고 싶지 않아. 조니가 집에서 지내는 마지막 여름이기도 하고. 절대로 안 돼."

이 가정에서 아버지의 역할을 담당해온 닉에게 정자 도너의 등장은 자신이 쌓아온 역할을 부정당하는 것처럼 느껴졌을지도 모릅니다. 한편, 줄스도 아이들의 마음이 도너에게 끌리고 있는 것이 불안해 견딜 수 없습니다.

두 명의 엄마들도 결심하고 제공자 폴을 만나기로 합니다. 그를 집으로 초대하여 함께 식사를 하자고 제안합니다.

당일이 되어, 레즈비언 커플과 두 명의 아이들, 그리고 정자 제공자 폴이 한자리에 모입니다. 닉과 줄스는 애써 웃으며 그를 맞이합니다. 하지만 닉은 폴에 대한 적개심을 억누르는데 필사적이었습니다.

영화 〈에브리바디 올라잇 THE KIDS ARE ALL RIGHT〉 2010년

테라스에서 아이들과 함께 다섯 명이 점심을 먹습니다. 닉이 바로 추궁합니다.

"예전에 당신 파일을 읽었어요. 그러니까, 찾고 있었을 때…그…정자를."

(줄스가 진정시키려고 한다)

"아무튼 파일에는 '국제관계를 공부 중'이라고 되어 있었죠."

"그랬죠. 그건 옛날 이야기죠. 많이 생각하고 대학을 그만두었어요."

닉과 줄스는 무심코 얼굴을 마주봅니다. 놀라움을 감출 수 없었습니다. 아마 고학력에 지적인 도너를 선택할 생각이었겠지요.(정자은행에 도너의 카탈로그가 있다는 것은 이미 〈수출·수입되는 미국의 정자〉 후반부에서 서술함)

"나에게는 돈 낭비로 보였어요.(닉, 황당하다는 표정) 앉아서 남의 생각을 듣는다? 책으로 배우면 되는데."

닉은 어이없어합니다. 파일의 인상과는 완전히 다른 사람이라며 쇼크를 받은 것일까요?

폴은 분위기를 알아채고 수습하려고 합니다.

"고등교육이 시원치 않다는 의미는 아니에요. 대학은 멋진 곳이에요. 조니에게는 딱 맞는 곳이지만… 나는 행동으로 배워요. 확실히 난 좀 유별난 놈이야."(웃음)

이날 이후, 닉은 도너에 대한 불만이 늘어 갑니다. '역겨워.' 지금까지 한 집안의 가장 역할을 해 온 그녀에게 도너의 등장은 그 자리를 뒤흔드는 것으로 느껴진 것일까요? 혹은 자신의 파트너인 줄스가 폴에게 끌려 몰래 밀회를 나누고 있는 것을 감지하고 있었던 것일까요?

그 후 이 가족은 엄마들의 이혼소동을 지나 다시 관계를 회복하려고 합니다만….

원하는 것은 제공자의 인정

현재 미국 이외에 동성애자의 ART 이용을 인정하는 나라는 많지 않습니다. 영국에서는 2002년에 레즈비언을 대상으로 한 정자 도너 알선이 행해지게 되고, 2005년에는 스웨덴에서, 2008년에는 호주의 빅토리아주(ART에 대한 법규제가 세계에서 처음으로 생긴 주)에서 레즈비언 커플의 DI 시술이 가능해졌다고 합니다.

이처럼 새로운 가족의 등장에 대해 여러분은 어떻게 생각하십니까? 아마도 가장 마음에 걸리는 것이 아이의 복지라는 관점일 것입니다. 조니와 레이저가 그랬던 것처럼 아이들이 생물학적 아버지에 대해 복잡한 감정을 갖거나, 레즈비언 커플의 아이라는 식으로 사회에서 차별받는 일도 생각할 수 있습니다.

하지만 적어도 아들 레이저는 자신의 존재와 마주할 때마다 마지막까지 마음에 걸리는 것이 제공자 폴이 돈으로 정자를 팔았다는 사실이었습니다.

작은 일로 엄마 닉과 언쟁을 벌인 레이저는 집을 뛰쳐나와 폴을 불러내고, 질 나쁜 친구 클레이와 함께 놀러 갑니다. 엄마에게 야단을 맞아 아버지에게 위로받고 싶은 마음이었던 것일까요?

집으로 돌아오는 길에 차 안에 폴과 둘만 남게 되었을 때 레이저는 조심스럽게 묻습니다.

"왜 정자 제공을 했죠?"

폴은 선글라스를 벗고 레이저의 얼굴을 보고 대답합니다.

"헌혈보다 재미있을 것 같았어."

농담으로 한 말이지만, 폴이 죽은 레이저의 얼굴을 보고 농담할 상황이 아니라고 느꼈는지, 폴은 다시 말합니다.

"다른 사람에게 도움이 되고 싶었어. 아이가 필요해도 가질 수 없는 사람들을 위해서 말이야."

거짓말이라도 그렇게 말해야 할 것 같은 생각이 들었던 것 같습니다.

"다른 사람을 돕기 위한 거였어요?"

"옛날 일이야."

"얼마 받았어요?"

"그건 왜 묻지?"

"그냥 호기심이에요."

폴은 오래전 기억을 더듬으려는 듯 위를 쳐다봅니다.

"받은 돈은… 한 번에 60달러."

레이저는 깜짝 놀랍니다.

"겨우 60달러?"

단돈 60달러로 나는 태어난 것인가…라는 실망스러운 마음이었던 것일까요?

"그 당시 나에게는 큰돈이었지만 말이야. 지금이라면 90달러 정도쯤 될까?"

그렇게 말하고 폴은 처음으로 레이저의 얼굴을 정면으로 보면서 이렇게 덧붙입니다.

"하지만…하길 잘했어."

그 말을 듣는 순간, 레이저의 마음속 깊은 곳에서 말로 표현할 수 없던 갈증이 갑자기 사라지는 것이 느껴졌습니다. 굳이 말로 하자면 제공자의 인정−생물학적 아버지이기도 한 폴에게 자신의 존재를 인정받음으로써 그의 마음은 처음으로 채워진 것입니다.

7명당 한 명이 불임이라고 하는 현대, 아이를 원한다, 부모가 되고 싶다, 고 하는 요구를 충족시키기 위해 생식기술은 점점 고도화되어 가고 있습니다.

또 근래에는 다운증후군 등 태아의 염색체 변이를 높은 확률로 진단할 수 있는 신형 출생 전 진단이 등장하여 '이 아이의 부모가 될 것인가 말 것인가'라는 선택으로 고민하는 사람들의 심정도 클로즈업 되었습니다.

특히 싱글맘이라는 방식을 선택한 엄마 운동선수의 등장과 DNA 친자감정을 통해 사랑으로 양육해 온 내 아이의 유전상의 아버지가 본인이 아니라는 것을 알고 소송을 제기한 연예인이 화제를 모으는 등, 생식이라는 인류의 보편적 운영이 새로운 각도에서 조명되고 있으며, 부모자식과 가족의 형태가 지금까지 없던 다양한 방식으로 새롭게 문제 제기되고 있습니다.

자신의 행복을 쫓아 아이를 원하는 불임 커플이 생식기술에 접근할 자유는 어디까지 인정되는 것일까요?

윤리학에서는 다음과 같은 물음을 던집니다.

'인간의 자유에 있어 한계를 확인할 수 있는가?'

인간의 자유를 제한할 수 있는 근거의 하나로 '타자 위해(危害)'를 든다면 거기에 이의를 주장하는 사람은 많지 않을 것입니다. 타자 위해란 J. S. 밀(John Stuart Mill)이 주창한 자유주의 원칙의 하나로, 정확하게는 '타자 위해 배제원칙', 즉 타자에게 위해를 가해서는 안 된다는 윤리원칙을 말합니다.

이를 적용한다면 생식기술에 대한 접근은 타자에게 위해를 끼치지 않는 한 인정된다는 의미가 됩니다. 생식기술에 있어서의 타자란 누구일까요? 본인들을 대신해 아이를 낳아 준 대리모와 정자·난자 도너, 유전적 관련이 없는 아이를 기르는 파트너, 그리고 태어난 아이들입니다.

어쨌든 생식의료에서는 불임으로 힘들어하는 커플의 구제에만 초점이 맞춰져, 태어난 사람들의 권리와 복지, 행복에 대한 생각은 계속 뒷전이 되어 왔습니다. 생식기술에 의해 태어난 사람들에게 그와 같은 기술을 이용하여 출생했다는 사실은 어떠한 영향을 줄 것인가, 어떤 기술까지라면 위해가 되지 않는 것인가, 그리고 어디부터가 그들에게 있어서 위해가 되는 것인가?

요시다 아키미(吉田秋生)의 작품 《YASHA-괴물》(쇼각칸코믹문고, 2013)에는 중절된 태아의 난자에서 태어난 청년이 등장합니다.(여성의 난자는 본인이 태어나기 전부터, 즉 태아 때부터 난소에 세팅되어 있음) 그는 그러한 출생의 비밀을 고백하면서 자신의 어머니는 인간이 아니다, 그리고 자신은 괴물이라고 말합니다.

실제로 영국 의료시설에서는 난자 도너의 항시적인 부족을 해소하기 위해, 중절된 태아의 난자를 사용하여 불임 치료를 행하는 아이디어가 검토된 적이 있습니다. 비용도 고가인 데다 부족한 난자를 태아로부터 간단히 손에 넣을 수 있고, 더욱이 도너가 태아라면 자신의 난자에 대해 소유권을 주장하는 등의 문제를 회피할 수 있다고 생각한 것입니다.

그러나 이 역시 태어난 아이의 복지에 반한다는 비난에 직면하게 되었습니다. 이 같은 출생은 태어나는 아이에게 위해가 된다고 생각한 것입니다.

지금까지 기정사실처럼 실시되어 온 통상의 생식기술이라도 태어나는 사람의 입장에서는 그 방식이 위해가 되는 일도 물론 있습니다. 그 전형적인 경우가 AID로 태어난 사람들이 자신의 태생을 알 권리와 도너의 익명성의 대립을 둘러싼 딜레마입니다. 정자 도너와 AID를 이용하는 커플에게 좋다고 인식되어 온 '익명의 원칙'이 도너, 즉 자신의 생물학적 아버지를 알 수 없는 아이들에게는 슬픔과 심적 결핍이 되고 있는 것입니다.

일본에서도 게이오대학의 AID를 통해 태어난 'AID아동'들이 목소리를 내기 시작하여 실명으로 아이의 출생을 알 권리를 주장하는 사람도 나타났습니다.

최근 생명윤리의 큰 특징은 생식의료로 태어난 아이들이 성인이 된 후 스스로 생식기술을 둘러싼 논쟁의 테이블에 나와 자신들의 입장을 주장하기 시작한 것입니다. 생식의료 논쟁의 주된 당사자(stakeholder)는 점차 부모에게서 아이로 확대되고 있습니다.

생식의료로 태어난 사람들의 심정을 누군들 예측할 수 있었을까요? 그것을 이용한 부모들조차 아이들이 놓인 상황과 고뇌를 상상하기 어려웠겠지요. 아이들의 인권과 복지(행복)를 생각함에 있어서 그들의 마음을 이해하는 것이 필요합니다.

특히 생식의료에 익숙하지 않은 일반인들은 과학기술의 힘을 빌려서까지 아이를 낳으려 하는 불임 커플의 심정을 이해한다는 것이 어려울지도 모릅니다. 게이 커플이 아이를 원하거나, 생물학적 시계 바늘을 두려워하는 여성이 난자 냉동을 생각하거나, 낳을 수 있는 시기를 지나서도 낳고 싶다, 부모가 되고 싶다고 원하는 일은 과학의 남용이나 그저 자기 멋대로일 뿐이라고 생각될지도 모릅니다.

또 사후생식에 관한 판례와 '수정란과 자궁의 일치'에 대한 집착 등에서 볼 수 있듯이 현행 법률과 학회의 가이드라인은 새로운 생식기술의 가능성과 그 요구에 대해 그다지 유연하게 대응하고 있지는 않습니다.

　머리글에서도 언급한 것처럼, 생식의료의 또 하나의 특징은 이 온도차입니다. 생식기술을 이용하는 부모와 태어나는 아이, 그들 당사자와 그 외의 사람들, 불임 치료를 받는 환자와 의사들−상호 간에 존재하는 인식의 차이를 메우는 것이 논의를 진행하는 데 있어 중요한 과정이 됩니다.

　그 때문에 이 책에서는 해외 드라마와 영화, 소설 등을 인용하여 생식의료와 관련된 사람들의 심정을 이해하기 쉽도록 구상해 보았습니다. 더욱이 생식기술로 태어난 아이들의 상황과 심정, 생생한 목소리에 많은 지면을 할애했습니다. 기술의 옳고 그름은 그것을 이용하는 현대인들만이 아니라 태어나는 아이들, 미래세대의 시점에서도 검토할 필요가 있다고 생각하기 때문입니다.

　이 책에서 전하고 싶었던 것은 생식의료의 새로움만이 아닙니다. 연이은 생식기술의 진전에, 법률과 윤리가 따라가지 못하는 상황하에서 그 방법을 굳이 선택하거나 선택할 수밖에 없는 사람들의 심정과, 기술을 통해 소원하던 내 아이를 품에 안은 사람들의 기쁨, 그리고 그로 인해 예상하지 못한 윤리적인 딜레마의 소용돌이에 던져진 사람들의 고뇌에 빛을 비춤으로써 당사자(생식의료에 관련된 사람들)와 비당사자(그것을 옆에서 냉정하게 또는 비판적으로 보는 사람들) 간 인식의 차이에 다리를 놓고 싶었습니다.

　진단기술이 발달함에 따라 발견되는 이상(異常)은 증가하고, 의료

기술이 진보함에 따라 치료해야 하는 질환의 범위도 확대됩니다. 과거에는 자연적인 것으로 받아들여졌던 불임도, 새로운 기술이 등장함으로써 치료 가능한 질환으로 간주되면서, 아이가 없는 것에 대한 단념과 수용, 혹은 아이를 갖지 않는 것에 대한 커플의 선택을 어렵게 했다는 생각도 듭니다.

기술 그 자체는 어디까지나 중립적이고, 그것이 인류의 행복에 도움이 될지, 아니면 사회에 혼란을 야기할지는, 그것을 사용하는 인간의 선택에 달려 있다고도 합니다. 하지만 소망이나 욕구를 실현할 수 있는 기술의 존재 자체가 그 선택 앞에 놓인 사람들에게 희망을 주거나, 압박을 가하는 일도 간혹 있습니다.

특히 생식의 문제는 부부(커플)에게는 아이가 있는 것이 당연하다, 부모가 되어야 의젓한 한 사람의 어른이다, 라는 식의 전통적 가족관이나 사회적 통념 등과 밀접하게 관련되어 있어, 당사자들이 싫든 좋든 기술 이용에 대한 압박에 노출되는 상황에 있습니다.

혹은 이렇듯 아이가 있는 것이 당연하다는 사회통념을 커플 자신이 자기도 모르는 사이에 내면화하여 자각하지 못한 채 아이를 갖고 싶다, 아이를 만들어야 한다는 소망으로 내몰리는 일도 있습니다.

출생 전 진단의 발전 또한 건강한 아이를 갖고 싶다는 지극히 당연한 부모 마음이, 기술이 있으니 건강한 아이를 낳아야 한다는 무언의 압력으로 변해갈 가능성도 있습니다.

기술의 진보는 인류를 자유롭게 하는 것일까요? 특정 가치관을 사람들에게 강요하고 억압하는 것일까요?

출생 전 진단을 받은 히가시오 리코(東尾理子 프로골퍼·탤런트) 씨가 2011년 10월 17일, 〈아사히 신문〉 인터뷰에서 이 같이 코멘트하고 있습니다.

"기술이 진보해도 사람의 마음과 교양이 따라가지 못한다고 느낀다. 앞으로는 의료의 발전이 좋은 것인지 나쁜 것인지 개인이 판단할 수 있을 만큼의 지식을 갖출 필요가 있다고 생각한다."

21세기에 들어와 의학 그 자체가 큰 변모를 이루고 있는 가운데 의료기술·생명 조작과 전통적 인간관·가치관 사이에 생기는 많은 난제에 대해 우리 한 사람 한 사람이 구체적 판단기준을 갖도록 요구하고 있는 것은 아닐까요?

이 책이 그것을 위한 하나의 실마리가 되기를 바랍니다.

이 책은 생식의료(生殖医療)에 대해 다양한 생명윤리의 관점에서 접근하고 있다. 하지만 이에 관한 생명윤리만을 강조하지 않고, 생식의료에 관련된 다양한 윤리적 딜레마를 중심으로, 생식의료를 이용하는 사람들과 당사자 이외의 사람들과의 인식 차이를 좁히고자 하는 시도에서 출발한다. 또 생식의료를 이용하는 사람들과 생식의료로 태어난 아이들의 실제 목소리를 들려줌으로써, 독자들에게 생식의료 이용 당사자들이 안고 있는 현실적 고뇌와 문제를 보다 생생하게 전달하고 있다.

즉, 생식의료가 아이를 갖고 싶지만 가질 수 없는 다양한 사람들의 간절한 소망을 이루어주어 고통에서 벗어나게 하는 '복음'과도 같은 기술임과 동시에, 파격적인 새로운 가족의 탄생으로 인해 다양한 윤리적 문제들이 야기될 수 있다고 말한다.

이처럼 이 책은 긍정이나 부정 어느 한 쪽에 치우치지 않고 여러 관점에서 다양한 소재로 생식의료를 둘러싼 이야기를 소개하고 있다. 더욱이 영화 속 에피소드를 예로 들며 이야기를 전개하고 있어 보다 쉽게 접근할 수 있다.

또한 생식의료에 관한 필요한 정보와 내용을 제공하고 있어 독자들에게 깊이 있는 검토와 논의의 기회가 될 것으로 보인다. 특히 〈제1장 생물학적 시계를 멈추다〉, 〈제2장 더 이상 왕자님을 기다리지 않는다?〉에서는 결혼과 출산에 있어서 일하는 여성들이 직면하고 있는 현실적인 문제들을 다루고 있어, 난자의 노화라는 현실적인 문제 앞에 던져진 여성들의 고민을 잘 알 수 있다. 〈제3장 나의 나머지 반을 알고 싶다!〉에서는 생식의료로 태어난 아이들과 정자를 제공한 남성들의 입장을 다루고 있어 생식의료 이용으로 야기될 수 있는 문제점을 객관적으로 제시하고 있다.

생식의료, 한국에서는 아직 낯선 용어이지만, 더는 우리에게 낯설고 무관한 문제로 덮어둘 수만은 없는 시점에 와 있다. 선진국들의 사례를 보았을 때 앞으로 우리 사회에서도 근미래에 필연적으로 맞닥뜨리게 될 문제임은 분명하다. 그렇기에 생식의료가 무엇이며 어떠한 효과 혹은 문제를 가져올 수 있는지 생각해 볼 필요가 있다.

또한 생식의료를 이용한 출산이 한국보다 앞서 진행된 일본의 사례를 통해, 현실의 다양한 상황에 처해 있는 사람들의 여러 가지 사정과 생식의료 이용으로 야기되는 문제를 인식하고 현실적인 대안을 생각해보는 기회가 되었으면 한다.

현실에 입각한 고민과 논의를 통해 머지않은 미래에 마주할 이 문제에 대한 방안과 대책을 선제적으로 마련하고 생식의료에 보다 현실적이고 책임감 있는 접근이 이루어졌으면 하는 바람이다.

이 책에서는 생식의료 기술의 윤리적 옳고 그름에 대해서는 판단하지 않는다. 그 가치판단은 오직 독자들의 몫으로 남겨져 있다.

발전하는 생식기술은 인간에 대한 구원인가?, 자연의 섭리를 거스르는 도전인가?

옮긴이 심수경

■ 주요 참고문헌·자료

• 〈섹스 앤 더 시티〉 시즌2, 파라마운트 재팬, 2013년
• NHK 클로즈업 현대 〈낳고 싶어도 낳을 수 없다-난자 노화의 충격〉 2012년 2월 14일
• NHK 취재반 편저《낳고 싶어도 낳을 수 없다-난자 노화의 충격》분계순주, 2013년
• 가와이 란《난자 노화의 진실》분슌신서, 2013년
• 가토 히사타케《뇌사·클론·유전자 치료-생명윤리의 연습문제》PHP신서, 1999년
• 〈섹스 앤 더 시티〉 시즌3, 파라마운트 재팬, 2013년
• 마크. J. 펜 외《마이크로 트렌드-세상을 움직이는 1%의 사람들》일본방송출판협회,
  2008년
• 〈그에게는 말할 수 없는 나의 계획 The Back-up Plan〉 소니 픽쳐스 엔터테인먼트,
  2010년
• 켄 다이엘스 저, 센바 유카리 역《가족을 만들다-제공 정자를 사용한 인공수정으로 아
  이를 가진 사람들》닌겐토레키시샤, 2010년
• NHK교육《인간유유》〈불임 부부의 결단·아버지를 찾는 '자매'의 여행〉 2002년 1월
  21일
• 오노 가즈모토 〈다큐멘트·AID(비배우자간 인공수정)〉 제5회 〈유전적인 '형제자매'를
  찾다〉 고단샤《G2》2013년 6월 16일 열람
• 오기노 미호 〈생식기술과 새로운 가족 형태〉 마루제니출판《생식의료》시리즈 생명윤
  리학6, 2012년
• BS 세계의 다큐멘터리 〈'도너 150'을 찾아서-정자 제공자와 아이들〉 2011년 10월
  25일
• THE 세상에 이런 일이 뉴스 DNA 스페셜 파트3 〈미스터 퍼펙트의 수수께끼〉 2007
  년 9월 5일
• 〈인생 브라보! STARBUCK〉 캐나다 영화, 파라마운트 재팬, 2011년

- 이케쇼지 유코《DI아동의 바람직한 복지-비배우자 인공수정으로 태어난 아이들》와세다대학 문화구상학부, 2012년
- 우타시로 유키코《정자 제공-아버지를 모르는 아이들》신초사, 2012년
- 이와카미 야스미 〈정부법안에 말한다-노다 세이코 의원에게 묻다〉《산부인과의 세계》제57권 10호, 이가쿠노세카이사, 2005년 10월호
- 마이니치신문 〈논점〉 2013년 3월 17일
- 이시하라 사토루《생식의료와 가족의 형태-선진국 스웨덴의 실천》헤이본사신서, 2010년
- 〈가타카 GATTACA〉 소니 픽처스 엔터테인먼트, 미국영화, 1997년
- 〈허리우드 채널〉 2011년 1월 6일
- 〈내 안의 너 My Sister's Keeper〉 미국영화, 갸가, 2009년
- 요미우리신문, 2012년 7월 11일
- 산케이신문, 2012년 9월 19일
- 사이언스 미스터리 DNA Ⅳ 제2장 〈어느 여성의 선택〉 2008년 2월
- 가이도 다케루《진 왈츠》신초문고, 2010년
- 긴조 기요코《생식혁명과 인권-출산에 자유는 있는가?》주코신서, 1996년
- 스도 미카《배아배양사-수정란을 배양하는 사람들》쇼각칸, 2010년
- 마이니치신문, 2000년 6월 16일
- 〈씨받이〉 한국영화, 1987년
- 레나테 D. 클라인 편, 핀레지의 모임 역《불임-지금 무슨 일이 일어나고 있나?》쇼분사, 1991년
- 〈에브리바디 올라잇 THE KIDS ARE ALL RIGHT〉 미국영화, 어뮤즈 소프트, 2010년
- 〈Coming Out 엄마가 된 아빠의 커밍아웃〉《주간 SPA!》후쇼사, 2008년 12월 9일호
- 요시다 아키미《YASHA-괴물》쇼각칸코믹문고, 2013년
- 아사히신문, 2012년 10월 17일

결혼은 안 해도 아이는 갖고 싶어

© 고바야시 아쓰코, 2014

1쇄 발행 2021년 11월 1일

지은이 고바야시 아쓰코
옮긴이 심수경
펴낸이 이경희

발행 글로세움
출판등록 제318-2003-00064호(2003.7.2)

주소 서울시 구로구 경인로 445(고척동)
전화 02-323-3694
팩스 070-8620-0740
메일 editor@gloseum.com
홈페이지 www.gloseum.com

ISBN 979-11-86578-95-7 03810